お墓、どうしてます?

キミコの巣ごもりぐるぐる日記

北大路公子

集英社文庫

もくじ

せっ
せっ

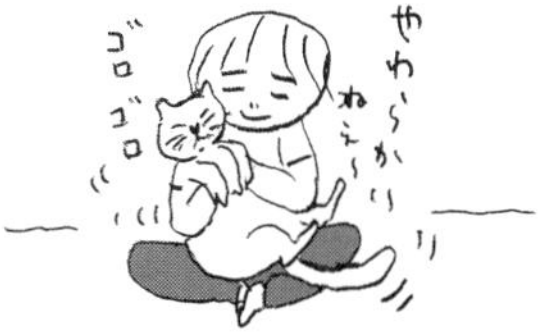
ゴロゴロ

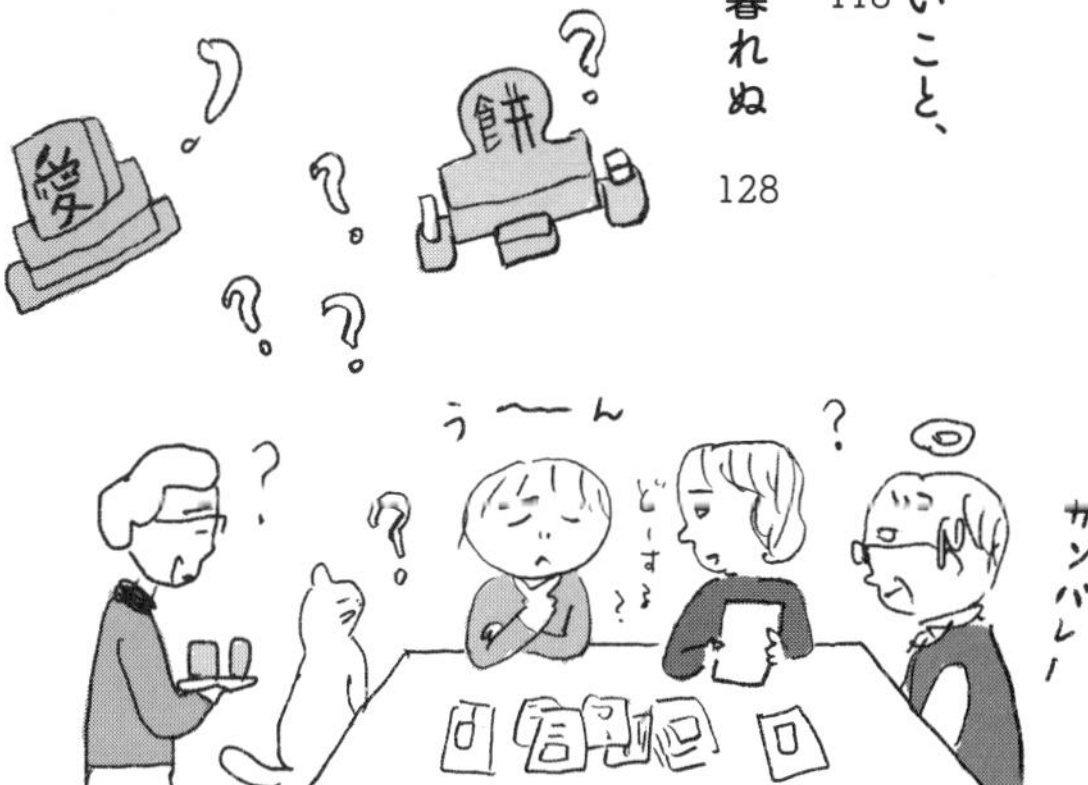
う〜ん

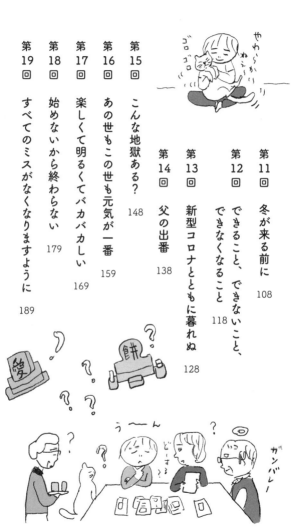

キミコ〜

お墓、どうしてます?

キミコの巣ごもりぐるぐる日記

第1回　お墓、どうしてます？

私、墓を買うのだろうか。

いきなりタイトルに疑問を投げかける（連載時のタイトルは「キミコ、墓を買う。」）のもどうかと思うが、しかし本当に墓を買うのだろうか。いやまあ、買わないわけにはいかないのだろう。なぜなら父が死んでしまったからだ。死んだら人はたいてい墓に入るだろう。それも、自分でトコトコ歩いて「よっこらせ」と入るわけにはいかないので、誰かが用意して「さあ、こちらへ」と案内してあげねばならない。その案内係が私だ。え？　私？　私なの？　ええっ？　ほんとに？　いつ？　今？　ええっ？　私が？　本気で？　ということを一年半くらいやっている。父が死んだのが一年半前なのだ。

あちこちで書いているので、ご存じの方は読み飛ばしてくださるとありがたいが、二〇一八年の九月に父があっさりこの世を去った。北海道の九月は気持ちのいい季節である。バカみたいに暑くはなく、かといってまだ寒くもなく、空はあくまで青く高い。亡くなった日も葬儀の日もよく晴れていて、その作り物のような青空に、父は旅立った

……と、しんみりしていたのはわずかな間で、すぐに後始末に忙殺されることになった。そして、

「お父さん、どうして何もしないで死んだのよ……」

と、いわゆる「終活」的なことを一切せずに逝った父にむかっ腹を立てるようになった。

よく言われることだが、人が一人いなくなるのは大変なことである。

役所に行けば、窓口をいくつも回らされ、そのたびに一から同じ説明を求められ、死んだ父と生きている自分の住所や名前を飽きるほど書かされる。ついには、「ねえ……マイナンバーってもしかして無意味な役立たずなの……？」と初めて会った役所のお姉さんにタメ口で問いかけてしまったほどだ。

年金事務所や銀行へも足を運ばねばならず、クレジットカードは捜し出して解約せねばならず、車は廃車手続きを進めねばならず、そのうえ「死んだ本人しか知らない暗証番号で解約手続きをしろ」と言ってのける携帯電話会社との消耗戦にも臨まねばならなかった。

あれは本当に意味がわからなかった。携帯ショップに「暗証番号がわからない故人の携帯電話を解約する方法」を尋ねると、ここではなくカスタマーセンターに電話をかけろと告げられる。言われたとおりにすると、自動音声が「今かけているのは我が社の電

話からか」とか「お前は契約者本人か」とか細かいことを訊《き》いてくる。それに対して一つ一つプッシュボタンを押して答えると、最後の最後に「では暗証番号を入力してください」と言い放つのだ。バカじゃなかろうか。バカですよね。

しかし、なにより大変なのが会社関連の始末であった。最後は一人でやっていたような小さなものではあったが、父は一応組織としての会社を経営していたのである。それが在庫や設備も含めて、丸ごと手つかずで遺《のこ》された。社員はいないので、ここでも私や妹がすべてを片付けなければならない。生前、父は「俺は借金はないから」と自慢していたが、問題は資産もないことである。いくら小さいとはいえ会社を解散させるには、相応の手順とお金が必要なのだ。「ええっ？　ひょっとしてそれも私が？」と戦慄しつつ、税理士さんや弁護士さんやその他関係者を訪ね、しかしなかなか事態は進まず、今現在もゴールは見えない。

墓どころじゃなくない？

どころじゃなかったのである。幸い我が家にはわりと大きめの神棚があって、神職の方がおっしゃる

には、「ちゃんとお骨の納まる場所があるから、納骨は急がなくていいですよ」とのことであった。

「まじでです？」

「まじでです」

子供の頃からの知り合いなので、つい緊迫感のない口調になってしまうのだが、まあ、それはそれで安心である。とはいえ、墓のことが気にならないわけではない。神棚に置かれた骨壺《こつつぼ》は普段存在を忘れているものの、ふとした拍子に目に入る。なんとなく父に話しかけたい時、鴨居《かもい》に掛けた遺影と骨壺とどちらを向いて、

「お父さん……」

と思えばいいのかわからないという問題もある。

「どっちが生身のお父さん？」

ってどちらも違うのだが、微妙に落ち着かないものなのだ。

そこで霊園のパンフレットを取り寄せてみた。人が死ぬと、仏具や花や仕出しのダイレクトメールがこれでもかというくらい届く。当然、お墓も来るだろうと高を括《くく》っていたら、これがなぜか一通も送られてこなかった。売り手市場なのか奥ゆかしい業界なのか、あるいは世の中の人は皆、死ぬ前にお墓の準備をしているのか。いずれにせよ自分で請求したパンフレットを何部か読み比べ、そしてがっくりと項垂《うなだ》れることになった。

「車かよ」

車を買った時、あまりの選択肢の多さに疲れ果てたことを思い出したのである。車種を選んで色を選んで内装を選んでオプションを選んで、もう何も選びたくないとなった頃に「ナンバーを選んでください。サービスです」と言われて、泣きそうになった。たくさんのことを選んで決断するのは、本当に疲れる。私はできるだけ疲れずに生きていきたいのだ。

墓も車に負けず劣らず選択肢が多い。場所や価格はもちろんのこと、公営か私営か墓を建てるのか納骨堂にするのか建てるなら墓石はどうするのかデザインはどうなのか屋内にするのか屋外にするのか永代供養なのか永代使用なのかそもそもそれはどう違うのか管理はどうするのか合祀《ごうし》なのか個人用なのか夫婦用なのか家族用なのか家族用なら何人までなのか。それらのことを、さまざまな条件や事情と照らし合わせて決めなければならないのだ。げんなりしている私に、ある日母がそっと声をかけた。

「私、お父さんと同じお墓に入るの嫌だなあ」

「うえええええ？」

この期《ご》に及んで、とんでもないことを言い出した。

「なななんで？」

「絶対にお墓の中で喧嘩《けんか》になるから」

そ、その点はもう二人とも死んでいるので大丈夫ではないでしょうか……。だいいち二人の墓を別々に買うとなるとこちらの懐具合的にも都合が……と、恐る恐るそう訴えてみるが、どうにも納得できないことがあるらしい。

以前、母が夫婦の墓の購入を持ちかけたところ、父がまったく乗り気ではなく、話が流れてしまった。資料などを取り寄せて具体的に相談しても、

「墓ー？　うーん、墓ねー、どうしようかねー、どうする？　あんたと二人で入るの？　狭いなあ。狭くない？」

などとヘラヘラ言いつつ、結局うやむやになったのだという。

「あの時あれだけ言っても動かなかった人がちゃっかり同じ墓に入ってるかと思うと腹が立って喧嘩になる」

とのことである。気持ちはわからなくはないが、今そんな面倒なことを言われてもというか、まあ死んじゃえばわからないから一緒に入ってもらうとしても、しかしここに来てなぜ事態をややこしくするのだ、母よ。

それにしても、父は自分の墓についてどう考えていたのだろう。母の話から察するに、「考えていなかった」というのが正解だろうとは思うが、念のために本人の弁を思い出してみよう。

「父ちゃんの骨なんてもうそこらの道に撒《ま》いてくれていいから」

やはり考えていなかった。これは一ミリも考えていない人の物言いである。考えている人は道には撒かない。

実際、父は死後のことにほとんど執着はなかったのだと思う。葬儀も要らないと言っていた。「俺が死んだ後、あんたたちに迷惑をかけたくないから会社のことだけはちゃんとしている」と口癖のように言っていたのは嘘《うそ》だったが、「死んだ後はどうとでも好きにしてくれ」という言葉は本心だった気がしている。死んだら故郷に帰りたいとも言わなかった。

父の故郷は新潟である。就職のために北海道に渡り住んで六十年以上経《た》ち、その間に祖父母も亡くなった。その祖父母や先祖の眠る墓は故郷の町にある。しかし、そこに父を入れるわけにはいかない。なにしろあの人、五男坊である。五男が入る余地はさすがにないだろう。

そもそも、年とともに親戚付き合いも薄くなった。どれくらい薄くなったかというと、父の死の直前に起きた北海道胆振《いぶり》東部地震の際、心配した私の従兄弟《いとこ》が電話をくれたのだが、さんざん「叔父さんは元気か？　叔母さんは無事か？」とこちらの様子を尋ねた最後に、

「ところで俺は今誰と話してるんだ？」

と訊かれたくらい薄くなった。声がおばちゃんになっていて判別がつかなかったのだろう。話をしたのは三十年ぶりくらいなのだ。

　私が父と毎年行ったお墓参りは、だから母方のほうである。お盆になると、市内にある母方の先祖の眠る墓に家族で出掛けた。車で十数分、市内のとても近い場所にある。

　子供の頃のお墓参りは、いつも夜だった。当時、会社勤めをしていた父の仕事終わりを待っていたのだ。広い霊園は夜でも賑《にぎ》わっていたが、子供の目には不気味に映った。木々がざわめき、蝋燭《ろうそく》の光が揺らめき、さっきまでお参りをしていたはずの人がふっと消えた気がする。びくびくしている私に帰り道、車を運転しながら父は必ず言った。

「あ！　車が重くなった！　死んだ人が乗って一緒に帰るからだな！」

私が怖がると、「ほらほら、キミコの隣に座ってないかい？」と笑う。子供相手の戯《ざれ》言《ごと》かと思っていたら、私が大人になってからも「車、重くなったべ？」と言っていたから、ひょっとすると本当にそう感じていたのかもしれない。そして自分も、いつか私や妹の運転する車に乗って、お盆には墓から家に帰るつもりだったのかもしれない。私もできるならそうしてあげたいと思う。

だからその墓をどうするかという話なのである。一時期、私は会う人ごとに「お墓、どうしてます？」と尋ねていた。困りごとを他人にダダ漏らすことで、自分より賢い人の知恵を借りようという生存戦略である。「小説すばる」誌の担当編集者のN嬢にも何度か同じ質問をし、そのたびに当然同じ答えを貰《もら》い、そしてとうとう、

「まだ買ってないんですか？」

と言われた。はあ、まだ買っていないんです。てへへと照れ笑いをする私に、しばしの沈黙の後、N嬢は言った。

「墓を買う連載はどうですか」

「え？」

「まあ買わなくてもいいんですけど（いいのか）、各地の有名な墓地を回って、人にとっての墓の意味や死後の身の振り方を考えるのです。候補はいろいろありますが」

「はい」

「たとえば仁徳天皇陵《にんとくてんのうりよう》とかです」

仁！　徳！　天！　皇！　陵!!

確かに墓ではあるが、こらまた大きく出たなと思いつつ、こうして連載開始は決まったのである。記念すべき最初の旅は、その仁徳天皇陵。父もびっくりしていることでしょう。では、元気に行ってきます（と言いたいが、これを書いている二〇二〇年二月現在、新型コロナウイルスの感染拡大で世の中は大変なことになっており、決行が俄然《がぜん》危うくなっている。大丈夫だろうか）。

第2回　遠くの天皇陵より近くの身内

二〇二〇年二月某日

大丈夫ではなかった。

前回、本当に墓を買うのかどうかわからないまま始まった「キミコ、墓を買う。」であるが、二回目にして墓購入どころか連載継続自体に暗雲が垂れ込めている。新型コロナウイルスの影響で、最初の取材地である大阪行きが難しくなったのだ。「大丈夫だろうか」と不安を滲《にじ》ませていた少し前の私にもう一度言いたい。大丈夫ではなかった。

本来なら三月の十日から十二日にかけて、仁徳天皇陵にまつわる施設を回ることになっていたが、ここにきて世の中の状況が一変した。全然先が読めない。担当編集者のN嬢と、

「大阪では蟹《かに》も食べますか？」

「食べますか？」

「うひひひひ」

などと呑気《のんき》な会話を交わしていた一ヶ月前が遠い昔のようである。

雪まつりの影響もあったのか、特に北海道では現在、感染者がじわりじわりと増え続けている。「肺に基礎疾患のある高齢者」という重症化ハイリスクのお手本のような母と暮らす私は、通常の外出にも躊躇《ちゆうちよ》するようになってしまった。なにしろ私が家にウイルスを持ち込めば、私より先に母が死んでしまうのだ（予言）。同じく高齢のお父上のいるN嬢と、「どうしましょう」「どうしましょう」と言い合っているうちに、とうとう北海道知事が緊急事態宣言を出した。強制力はないものの、三月の十九日まで、週末を中心に外出を控えるようにとのことである。マスク姿の知事が「新型コロナウイルス緊急事態宣言」と書かれたボードを手に立つ会見映像を、呆然《ぼうぜん》と眺める。危機感が画面越しに伝わるが、同時に、知事の後ろに貼られた「ウポポイ」の文字も気になる。「全国ニュースでこれが流れて、道外の人は『ウポポイって何だろう』と思わないだろうか。私なら思う……」

ウポポイとは、もうすぐオープンする「民族共生象徴空間」の愛称である。アイヌ語で「（おおぜいで）歌うこと」を意味するそうだ。楽しそうな語感であるのに、こんな緊張の場に登場することになって気の毒である。関係ないけど、ウポポイのキャラクターである「トゥレッポん」は、どことなくうちの知事に似ているので、ぜひ検索してみてほしい。

それはそうと、緊急事態宣言である。まったく先が見えなくなった。仕事での移動は認められるだろうが、自分が感染するのも、誰かに感染させるのも避けたい。知事が「これから大阪出張のあるそこのあなた、きっぱりやめましょう」もしくは「そこは行きましょう」と言ってくれるのを待ちながら会見を見たが、当然どちらも言わなかった。

三月某日

N嬢から、見学予定だった大阪の博物館が二十日まで休館中であるとの連絡を受ける。ひとまず大阪行きは延期。問題は、その「ひとまず」がいつまでかということである。一応、週末の三連休を避けてそれ以降に日程を組み直したが、N嬢が電話で問い合わせたところ、予定どおりに再開されるかどうかすらわからないらしい。

「決定は二十日になるかもしれないそうです」

もんのすごいギリギリではないか。のび太やカツオの夏休みの宿題並みである。それまで我々の予定も決まらず、決まったら決まったで即座に動かねばならず、そして〆切《しめきり》までの日数だけが確実に短くなっていく。よく映画やドラマで耳にするが、しかし実際の生活では一度も口にしたことのなかったあの台詞《せりふ》をつい口走ってしまった。

「状況は刻一刻と変化している」

まさかこんなことを言う日が来るとは。「動くな！　ＦＢＩだ！」と同じくらい現実味がない。

三月某日

万が一、仁徳天皇陵行きがなくなった時のために、というとご先祖様に叱られるかもしれないのであれだが、とにかくやれることはやっておこうということで、来るべきお彼岸にお墓参りに行くことにする。母方の祖父母たちが眠るお墓である。遠くの天皇陵より近くの身内。毎年の彼岸の寄合（寄合？）が、今年は新型コロナウイルスのせいで中止になったこともあり、供養という点でも意味があるだろう。

心配なのは雪だ。霊園は冬の間は閉鎖されており、今は手つかずの雪が残っているはずである。例年と比べ積雪が少なく雪解けも異様に早いとはいえ、それでもお墓が雪に埋もれている可能性は高い。ネットで調べると、「彼岸の中日《ちゅうにち》（春分の日）までに、霊園内の主要な園路の除雪が行われるようにしています」「除雪期間中は大変危険ですので、できるだけ来園はお控えください」とのことであった。つまり今年は二十日から、車での乗り入れが可能になるらしい。ただし、「お墓までの歩道や、お墓の周りは除雪しておりませんので、長靴やスコップ等の準備が必要です」とも言われてしまった。墓参というより、ほぼ除雪作業である。

三月某日

三週間近くに亘《わた》った北海道の緊急事態宣言が解かれた。期間中、人のいない地下街やススキノの映像を繰り返しニュースで見たが、その外出自粛の効果が現れたのか、新たな感染者が減少傾向に転じたのだ。もちろん、まだまだ油断はできない。一方、大阪の感染者はじんわり増えており、これはやっぱり取りやめかなと思っているところに、N嬢から「博物館休館の延期が決まりました」との連絡が入った。中止が決定である。

三月某日

晴れ。お墓参り日和である。花とお供物を買い、水、お酒、蠟燭、スコップ、長靴などと一緒に車に積み込んだ。単独墓参のつもりだったが、母も行くというので、二人で霊園に向かう。ここ数日で雪解けが一気に進んだ。霊園内もきれいに除雪され、車での通行には何の支障もなかった。ただ、雰囲気は夏とはずいぶん違う。木々には葉はなく、すかすかの枝の間から青空が見える。道路脇に積まれた雪の奥には、半分埋まった墓石が列をなしている。時々、スコップを抱えて歩くおじいさんや、雪に埋もれた墓をせっせと掘り出している家族連れの姿が目に入るが、お盆に比べて人気《ひとけ》はほとんどない。寂しいような清々《すがすが》しいような、不思議な景色が広がっている。

車を停《と》め、お墓を目指す。右手に荷物とスコップ、左手で母の手を引いた。車道から小道に入り、三本目だったか四本目だったかの角を曲がる。そこから数メートル進んだところが祖父母の墓である。徒歩十秒。夏ならなんということもない距離だ。気合を入れて足を踏み出し、そしてすぐに私は言った。

「あ、お母さんは待ってて」

雪は、脛《すね》まであった。しかも春先の湿った堅雪で、持病のある高齢者がそう簡単に攻略できるものではなかった。母を残し、一人で進む。一歩ごとにずぼずぼと沈み、歩きにくいこと甚だしいが、それより気になるのはくるぶしの冷たさだ。どうやら濡《ぬ》れている。そういえば、長靴に穴が開《あ》いていた。じくじくと広がる不快な感触は、現在のような防寒性の高い靴がなかった子供の頃を思い出させる。夢中で雪遊びをしている時は気にならないのに、家に帰るとなると急に水のしみた長靴の気持ち悪さと冷たさが迫ってくるのだ。ほんと、あの頃は冬になると毎年しもやけに悩まされたなあ。などと感傷に浸っているうちに曲がり角を一本間違えてしまった。無駄な体力の消耗に、疲れも倍増である。もうとっとと済ませて早く帰りたい気分だ。

通常の何倍もの時間と労力をかけて、なんとか到着したお墓は、花立のあたりまで雪に埋もれていた。「思っていたほどではないけど、もっと思っていたほどでなくてよかったのに」

スコップで墓周りを軽く除雪し、花を挿す。お供物を置いて、蠟燭に火を点《つ》けた。風がなく、寒さは感じない。周りを見回すと、やはりこの時期にお墓参りに来る人はほとんどいないのだろう。私の足跡

だけが点々と続いていた。

お墓に向かい、手を合わせる。

「流行《はや》り病が早く終息しますように。そしてこの連載が無事に続けられますように」

死んだ父にうっかりお願いしたくなるが、父はこの墓には入っていないのである。そのかわりというわけでは全然ないが、まったく知らない人が入っている。知らない人というのは「私が生まれる前に死んでしまった親戚」とかではなく（そういう人もいるが）、本当の見知らぬ他人である。実は以前、母方の墓は市内の別の墓地にもう一つあった。開拓時代に入植者が開設したという墓地で、そこに親戚が二人、土葬されていたのだ。土葬であるから、土饅頭《どまんじゆう》である。二十年以上前だったと思うが、それを掘り起こし、白骨化が十分でない場合は改めて火葬せよ、という市からのお達しがあった。親戚一同が集まり、仰せのとおり掘り返す。作業自体は業者の人が主に行ってくれたが、しばらくするとスコップを持つ手を止めて、ぽつりと呟《つぶや》いた。

「お骨が一人分、多いです……」

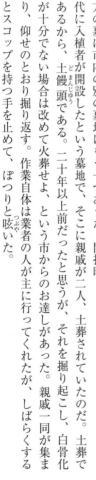

「え……？」

ごく浅い場所に、一人分の骨が埋められているという。動揺が広がる我々に、市の担当者は言った。

「これは焼骨ですから、お骨を持て余した誰かが勝手に埋めたと思われます……」

「勝手に……？」

「はい……どうしますか？」

どうしますかと言われても、無縁仏として市に引き取ってもらうしかないのではないか、と思うでしょう。思うでしょうが、なぜかその時、

「これも何かの縁だからうちのお墓に入れようか」

との誰かの言葉に親戚一同頷《うなず》いたのである。本当に意味がわからない。わからないし、誰が言ったのかも覚えていない。だが、その時はそうするのがいいと思ったのだ。何かに操られていたのかもしれない。さらには、見知らぬ人を墓に入れて数日後、母と妹が、

「最近、家に誰かいない？」

「ひょっとして作業服姿のおじいさんじゃない……？」

「そうそう！」

とか言い出すのだが、それはまた別の話である。

第3回　仕事としての蟹祭り

三月某日

大相撲春場所が千秋楽を迎えた。新型コロナウイルスの影響で、史上初の無観客開催となった場所である。ただしテレビ中継はいつもどおり行われたので、私もいつもどおり観《み》た。

ガランとした大阪府立体育会館の真ん中に土俵があり、そこに入れ代わり立ち代わり力士が現れて取っ組み合っては去っていく。声援も聞こえず歓声もなくどよめきも起きない相撲に違和感があったのは二日くらいで、わりと馴染《なじ》んでしまった。

なんといっても静かなのがいい。最近の相撲は手拍子や力士名のコールなどが増えて、内心「もうちょっと落ち着いて観られんもんかのう」と苦々しく思っていたのだ。

それが、今場所は呼出や行司の声もよく聞こえるし、力士の所作も隅々まで映し出されるしで、生身というか剝き身《むみ》の相撲を観ている感じがする。淡々とシステマティックに進行する土俵も、「人類滅亡から数百年後、地球に降り立った宇宙人が廃墟《はいきよ》の中で目にした永遠に流れ続ける3D映像」みたいで、たいそう趣深い。

そう、遠い未来、宇宙人たちはジャングルと化した街で、奇妙な建物を見つけるのだ。広い室内には色褪《いろあ》せた無数の観客席が広がっている。中央に浮かび上がるのは、ひたすら闘い続ける裸の大男たちの立体映像だ。破れた屋根から差し込む一筋の陽《ひ》の光が、人類の記憶そのもののような彼らの姿を照らしている。

「ココハ……コロシアム……？」

気分はすっかり宇宙人である。脳内にその声まで（日本語で）再生され、非常に新鮮な気持ちで十五日間楽しむことができた。しかも千秋楽の今日は、普段見ることのできない「出世力士手打式」と「神送りの儀式」までが中継された。御幣を持った行司さんが若い力士たちに胴上げされるという現実離れした光景に、新型コロナウイルスとは関係なく、ずっと無観客相撲でもいい気すらしたのだった。

と、自分でも意外なほど楽しんでしまったが、力士たちは大変であったろう。感染対策をとりつつ、本場所に臨んだものの、その本場所では観客がいないのだ。そう考えると気の毒で、早く元の大相撲に戻った方がいいのかとも思う。あと、力持ちだろうから、我が家の古い簞笥《たんす》を解体して捨ててほしいとも思う。

三月某日

東京オリンピック・パラリンピックの延期が決定したそうだ。まあ、そりゃそうだろう。むしろ遅いくらいだろう。素人目に見ても、夏までにこの厄介な病が治まるとは到底思えない。あっという間に世界は変わった。マラソンと競歩が地元札幌開催となり、「景観が悪い」だの「観客がいない」だの「コースが退屈」だの散々な言われようをしたのが、遥《はる》か昔のことのようだ。あの時は「とんだもらい事故だよ」とむかっ腹を立てていたが、今思えばすべてが些細《ささい》なことだった。もし来年の開催が実現したら、この変わり果てた世界を生きる者として、共に手を取り合おうではないか。という気にはまったくなれず、テレビで当時コメントしていた人を見かけるたび、「この人もこの人もこの人も一生忘れんぞ」と生来の執念深さをいかんなく発揮している。

そんなテレビも、今や連日新型コロナウイルスの話

題ばかりだ。さまざまな人がさまざまなことを言うが、結局確かなのは「よくわからない」ということであろう。感染がどこまで広がるのかも、それがいつ終息するのかもわからない。ついでに言えば、この連載がどこへ向かうのかもさっぱり見えない。覚えておいでだろうか。これが「お墓巡り」のエッセイの予定だったことを。今頃は仁徳天皇陵へ行って、「よし！　亡父の墓も前方後円墳にしよう！　埴輪《はにわ》もたくさん埋めよう！」などと決意しているはずだったのだ。

しかし、もはやそんな日常が戻ってくることすら想像できなくなってしまった。聞けば、ヨーロッパでは都市がどんどんロックダウンされているという。サッカーボールをうっかり「鞠《まり》」と呼んでしまう年代の老母はロックダウンを「ノックダウン」と勘違いし、「殴られて気絶したように街全体の動きが止まってしまうこと」と理解していた。だいたい合っているのがすごい。かくいう私も、タイムマシンで半年前の自分に会いに行き、「ロックダウンでクラスターでオーバーシュートでコロナだ」と言っても何のことか一ミリも伝わらないであろう。世の中の動きがめまぐるしすぎて疲れる。

三月某日

ちょっと奥様、蟹がお安いんですってよ。先日、お上《かみ》が「お肉券」を配るとかなんとか言い出したけれど、和牛に限らず高級食材がだぶついているんですってよ。観光客や外食客が激減したせいで、全体的に値崩れしつつあるんですってよ。

というわけで、私の中で蟹を食べる案が急浮上した。世の中の先の見えない不安は不安として、蟹は蟹である。墓巡りもできない身としては、せめて「ときどき温泉とカニのデス・ロード」（という連載サブタイトルだったのです）を実行すべく頑張るしかないのではないか。つまり仕事としての蟹祭り開催である。仕方がないのである。

蟹を買うため、久しぶりに街へ出た。店は通常どおり営業しており、人出もさほど減ってはいないと言いたいが、実際は外国人観光客が消えている。どれだけ歩いても周りから日本語しか聞こえてこないのだ。こんなことは、ここしばらくはなかった。まるで二十年くらい前の札幌を歩いているようだなあと感傷に浸りつつ、二十年前と違うのは店先に置かれているアルコール消毒液を見つけるたびに、つい駆け寄ってしまうことだ。セーブポイントでこまめにセーブする慎重派の勇者のようになりながら、友人と合流。予定としては、一緒に蟹を買い、そのまま彼女の家へ移動して蟹

祭りである。当初は蟹専門店などでの開催も考えたが、北海道独自の緊急事態宣言は解除されたとはいえ、新規感染者がゼロになったわけではない。お酒を飲んで調子に乗って、うっかりウイルスを持ち帰っては取り返しのつかないことになる。私は私の脇の甘さをよく知っているのだ。

蟹は二条市場《にじょういちば》で買った。最初にデパートの食料品売場を覗《のぞ》いたところ、驚くことに蟹がほとんどなかったのだ。唯一、一杯千円という格安だが小ぶりの毛蟹が売られており、一瞬これを十杯買って夢の毛蟹三昧を楽しもうかと考えたが、そんな小さな蟹を買っても剝くのが大変なだけである。「せっかくだからいろんな種類を試そう」との友人の意見もあって、二条市場を目指すことにしたのだ。

が、なんということでしょう。その二条市場が遠目からでもわかるほど閑散としているではないですか。普段は観光客で溢《あふ》れ、団体客なんかもばんばんやって来て、その賑わいに反して地元民の足が遠ざかりがちだったのだが、観光客がいなくなった今、「遠ざかった地元民の足」だけが残ったのである。つまり人気《ひとけ》がない。数十メートル続く通りに、客は我々を入れて三組ほどである。

当然、熱心な売り込みが行われ、とある店では熱心なあまり、わざわざマスクを外して強烈なセールストークを繰り出してきた。そういうサービスは不要なので、じりじりと後ずさりしつつ、結局、そこ以外のお店から「花咲蟹・たらば蟹・毛蟹」の三種類を購入した。すべて合わせて一万円ほどである。これは確かにお安い。私が最後に蟹を買ったのは去年の年末であるが、それに比べると冗談みたいな値段だ。まあ、年末は蟹の方も自分の「正月向けご馳走《ちそう》要素」を前面に押し出してきて、かなり強気ではある。

「なんだかんだ言っても、我々蟹があってこそのハレの日じゃろ」

と、たらば蟹など脚だけで数千円の気位の高さを見せつけてくるのだ。そんな貴族のような蟹が、今は弱気になってしまっている。一度も値切ってはいないのに、お店の人が口を開くたびに値段が下がっていく。

「あ、それ四千円って書いてあるけど三千円でいいよ」「これとこれ二つで五千円にしとくよ」「たらば？　それもまけとくまけとく」

お高くとまってこその蟹であるのに、なんという悲しい台詞か。ああ切ないなあと思いながら、なぜか顔は笑ってしまい、まるで喜んでいる人のように蟹三種を購入したのである。

蟹祭りの趣旨は「とにかく無心に蟹を食べる」ことである。会場である友人宅で二人、黙々と蟹を剥いた。もっとも剥き慣れているのは毛蟹で、これはもう身体《からだ》

が覚えているといっていい。脚を外し、いわゆる「ふんどし」を取り、甲羅をはがして、エラを捨てる。あとは食べやすいようにハサミや包丁で切るだけである。たらば蟹や花咲蟹も手順は同じだが、やつらは殻が硬い。特に花咲蟹は巨大なたらば蟹が総毛立ったような見た目であり、その「総毛」部分がすべてゴツゴツの棘《とげ》みたいなもので、とにかく痛い。全身から「そう簡単には食われないぞ」との気概を感じるが、残念ながらおまえはもう死んでいる。軍手代わりの布巾で手を保護しつつ、力任せに解体作業を終えた。

さて、この三種の蟹は見た目の派手な順に味も濃い。つまり、花咲蟹・たらば蟹・毛蟹の順である。

実際、過去に花咲蟹を一度食した時は、鼻血が出るかと思うほどの濃厚さであった。カルピスを原液で飲んだ時の衝撃に似ている。今回はそこまでではなかったものの、やはりかなりの旨味《うまみ》凝縮具合で、ミソの量も多い。

また、たらばは可食部分が脚のみというハンデを背負いつつも、ぷりぷりとした肉厚な身が存在を主張しており、安定感は抜群だ。

他方、毛蟹は彼らに比べると全体的に繊細で、食べ慣れている分、意外性は少なく、ミソの風味も柔らかい。結果として、花咲蟹・たらば蟹・毛蟹、三者の味をそれぞれ言葉にするとこうなった。

「とても濃い」

「濃い」

「美味《おい》しい」

いや、毛蟹以外が美味しくないわけではなく、単に私が毛蟹好きなだけである。あと、味が濃いものは飽きやすいということもある。「そんなにご馳走ばかり食べられないよう」と、お金持ちの子供のような気持ちになるのだ。しかし慌ててフォローするが、だからこそ汁物となった花咲蟹の活躍は凄《すさ》まじかった。キノコやネギとともに煮込んだシメのうどんの芳醇《ほうじゅん》な破壊力には、残念ながら我が毛蟹は到底かなわない。世界中の出《だ》汁《し》を集めたような出汁が出ており、大富豪のうどんである。

「私、鼻血出てない？」

「大丈夫」

友人と確かめ合って蟹祭りを終えたのである。帰りのタクシーで運転手さんが「ススキノもすっかり人が減りましたよ」とボヤいていた。

「いつか戻るんでしょうかねえ」

世界が本当の意味で「元に戻る」ことなどあり得るのだろうかと、暗い夜道を眺めながら考えたのだった。

第4回　まだ北海道にいる

四月某日

まだ北海道にいる。新型コロナウイルスの勢いは衰える気配がなく、というかむしろ拡大傾向で、連載のための大阪行きの予定がまったく立たないのだ。相変わらずN嬢と、

「どうしましょうか」

「どうしましょうねえ」

と言い合っている。まあ、どうもこうも、実際問題として今の我々にできることは何もないので、とりあえず普通の日記を書いている。そんなことでいいのかとお怒りの向きには、一度目を閉じて、三月に私が訪ねるはずだった仁徳天皇陵に思いを寄せてもらいたい。

悠久の時の流れを感じさせる巨大古墳。その前にあっては、人の一生など瞬《まばた》きよりも

短いであろう。況《いわん》や数ヶ月の遅れをや。ごらん、仁徳天皇も墓の中でせっかちな我々を笑っているよ。なにしろ彼が生まれたのは……生まれたのは……えーと、いつだっけ？　古墳時代？　古墳時代なんてあったっけ？　と、突如露呈したおのれの無知にうろたえつつネットで調べると、さすが二十一世紀である。すぐさま仁徳天皇の生年が判明した。

「神功皇后摂政《じんぐうこうごうせっしょう》五十七年」

だから、いつだよ。

どうやら三世紀半ばあたりらしい。「あたり」という悠久の時を感じさせる曖昧さが素晴らしい。ちなみに崩御は「仁徳天皇八十七年」。この八十七年が在位期間かと思いきや、『古事記』では八十三歳で死んだことになっているらしく計算が合わない。一方で百四十三歳まで生きた説もあるそうで、それなら計算は合うが、計算以外の何かが根本的に違う気がする。

だから、いくつだよ。

本当に月日というものは、すべての物事を薄く遠く平らかにしていく。八十三も百四十三も、時の流

れの中ではほぼ同義ということかもしれない。そういえば私は大学の授業で『古事記』を読んだことがあるのだが、その記憶もまた薄く遠く平らかになり、今となっては学費を払ってくれた親には言えないほどきれいに忘れている。覚えているのは教授の「自分はずいぶん長い間、大学院生として学割の定期券を買っていたが、ある時、髭《ひげ》を伸ばしたところ一気に老け込み、不正購入を疑われてつらかった」という話だけである。ついでに思い出したが、京大出身の国語学の教授は、某国語研究所で働いていた若い頃、「京都訛《なま》りの田舎者に『国語』を研究できるわけがないと東京の同僚たちに嘲笑《あざわら》われた話」を、まるで昨日のことのように何度も新鮮に怒っており、人の恨みだけは時を経ても決して色褪せないと知ったのだった。注意されたい。何の話だ。

四月某日

感染の広がる七都府県に「緊急事態宣言」を発出したり、そこから漏れた我が北海道と札幌市が独自の緊急共同宣言を発出したり、かと思えば「やっぱり全国的に緊急事態宣言出しますわ」と方針が変わったりと、世の中がまったく落ち着かない。

ニュースでも、「新型コロナウイルスの感染拡大が止まりません」の文言が枕詞《まくらことば》のようになってしまった。明るい話題がほとんどなく、さすがの私もあまりテレビが楽しくない。自他ともに認めるテレビっ子というかテレビ小姑《こじゅうと》でありながら、情けないことである。

そのかわりといってはなんだが、昔録画したドラマや知人に借りたDVDを、ビールを飲みながら一人で観ることが増えた。ドラマの中は平和である。平和というか、連続殺人犯が面白半分に人をばんばん殺していたりはするのだが、残虐な殺人犯も被害者も誰一人として「コロナ」を知らないと思うと、「この頃はよかった」という気になるのだ。こんな無垢《むく》な時代があったのだなあと、既に懐かしい。

今日は二十世紀初頭のイギリス貴族の屋敷で、クリスマスパーティが盛大に催されていた。着飾った大勢の人々が集まり、食事をし、歩き回り、お喋《しゃべ》りに興じ、お酒を飲み、笑い合っている。まことにゴージャスな三密である。いや、「コロナ前」の世界であるから、三密は関係ないとして、それにしても少し人が多すぎやしないか。他人との距離も近すぎやしないか。窓はすべて閉まっているようだが換気はどうなっているんだ。と、どうしても不安が拭い

きれない。しかも、最後は皆で肩寄せ合いながら歌まで歌っていた。

「合唱はやめて！」

思わず中腰になる。聞くところによると、歌による感染リスクはかなり高いそうではないか。ホストである伯爵の計らいで、今夜のパーティには貴族のみならず、屋敷の使用人や村の小作人などさまざまな身分・階級の人たちが集まっているのだ。

万が一この場に陽性者がいたとしたら、大変である。パーティ後、彼らはそれぞれの領地や家庭に帰るだろう。帰った先には使用人や家族がいて、その全員に生活がある。仕事に出掛け、友人と食事やお喋りもするだろう。中にはクリスマス休暇で県を越えた移動……じゃなくて、田舎の実家に帰省する人などもいるかもしれない。濃厚接触者は膨大な数になり、各地で階級を越えた小規模クラスターが発生するはずだ。少なくとも、感染者の多いこの村は確実に封鎖となるだろう。静かで美しい村が、病と悲しみに包まれてしまうのは、観ている私にとっても不本意である。

今のうちになんとかしなければと思うが、しかし私の心配をよそに、当の伯爵は率先して歌を歌っている。それでいいのか伯爵よ。領主であるあなたが声を上げずに誰が上げるというのだ。数年前に妻がスペイン風邪に倒れ、生死の境をさまよったのを忘れたのか。あの日の辛《つら》い気持ちを思い出して、さあ、今すぐ新型コロナウイルスの感染対策を！　と、時代を超えて混乱してしまう。だいぶ疲れているのだろうと思う。

四月某日

　最近、友人や親戚が送ってくれる荷物の中に、マスクが数枚忍ばせてあることが増えた。見つけると、一瞬ドキッとするのは、お菓子や雑貨の陰にそっと紛れている姿が、どことなくご禁制の品っぽいからだ。マスクが入っていることが知れたら、お縄になったうえに箱ごとお上に召し上げられてしまいそうな雰囲気すらある。そんな危険を冒してまで我が家のマスク事情を心配してくれたのかと思うと、感激も一入《ひとしお》である。ありがたく使わせてもらう。

　近所のドラッグストアからは、相変わらずマスクと消毒液が消えたままだ。それでも今日は、コロナ騒動後初めて除菌シートに巡り合えた。思わず手に取り、「ちょっと！　どこに行ってたのよ！　しばらく姿を見なかったから心配してたのよ！　え？　待って！　あなた本当に除菌シート？　一体どうしちゃったの？　何があったの？　こんなに変わり果

てた値段になって……！」とすっかりお高くなった価格に驚きつつ購入する。しかも一人一パックの制限付きだ。昔の気さくな除菌シートが恋しい。

レジでは、カードやお金のやり取りが、すべてトレイを介して行われるようになっていた。このお店には、釣り銭を渡す時に手をぎゅっと握る女性店員さんがいて、いつもどぎまぎしていたのだが、これでどぎまぎともお別れである。ぎゅっとされるたび、「子供の頃に助けた雀《すずめ》が店員に化け、『あの時はありがとう』の気持ちを込めて握っているのだ」と自分を納得させる必要もなくなった。お互いのためにもよかったと思う。

五月某日

母が、「もしお父さんが生きていたら大変だったねえ」と言う。今の状況に順応できないのではないかと言うのだ。確かに亡父は、コロナ禍の世界向きではなかった。外出好きで、誰にでも気軽に話しかけ、お酒は飲めないが宴席は苦にせず、それどころか人一倍大張り切りで参加し、地声が大きく笑い声も豪快で、人の話には逆らわないが言うことは聞かず、風邪を引いてもマスクを嫌い、無理につけさせると口でも顎でもなくなぜかおでこに当てていた。

ウイルスを広めるのにこれほどうってつけの人物はいないというか、もし私がウイルスだったら、賄賂《わいろ》を渡してでもこの人に運んでもらいたいと願うような人だったのだ。今も元気でいたら、家庭内紛争の火種とならないはずがない。

「本人もあの世で友達とゴルフでもしながらホッとしてるんじゃない？」

私がそう言うと、母がふと真顔になって、「あの世では死んだ人に本当に会えるんだろうか」と呟いた。父の死後、突如「お父さんと一緒のお墓には入りたくない」と爆弾発言をした母だが、そこは夫婦、積もる話もあるのだろう。やだなあ、ラブラブではないですか、と思っていたら実際は、

「昔、ものすごく意地悪だった人が何人かいて、その人たちが死んだ時、これで二度と顔を合わせずに済むと正直ホッとしたのに、それがあの世でまた会うとなったら嫌だわー」

とのことであった。やはり人の恨みだけは、時を経ても色褪せないのだ。注意されたい。

五月某日

いつのまにか市営霊園使用者の募集が始まってい

る。札幌市は現在、三箇所の公園式墓地を運営管理しており、だいたい三年に一度くらいのペースで使用者を募集しているのだ。ということを父の死後、お墓について調べている時に知ったのだ。

それ以来、「次に募集があったら応募すべきか」との問いは常に頭の片隅にあった。毎年お参りに行っている母方の祖父母の墓も市営霊園にあり、もしそこに建てられるのであれば、墓参が一度に済んで大変便利である。

が、子供のいない私が墓を建ててどうするのかという当初からの問題は、未《いま》だ結論が出ていない。妹に後を託すにしても、なんなら妹の方が先に……ということも十分考えられる。かといって、いつまでも父の骨壺を家に置いておくのも収まりが悪い。永代供養をしてくれる民間の墓地や納骨堂は、納骨人数によって価格が変わるシステムが多く、「最初に使用料を払えばあとはもうお好きな人数をいくらでも納骨してもらって結構」という市営霊園の懐の深さには敵《かな》わない。しかし、市営霊園には建立期限があると聞く。うーむ、どうしたものか。と、同じところをぐるぐる回ってばかりで、全然前に進まない。なによ

り、この連載はどうなるのだ。「キミコ、墓を買う。」って、一度も旅に出ないまま、コロナのことを書いて墓買って連載終わってしまうじゃないか。墓、別に欲しくないのに。というか、あれだ。肝心なことを忘れていたが、市営霊園は抽選である。そもそも当たるのか？

第5回　市営霊園の心変わりと強気

五月某日

当初、ゴールデンウィーク明けまでとされていた緊急事態宣言が、今月末まで延長された。まあ、そりゃそうだろうなと思う。逆に今、「はい、終了でーす！」と言われたら驚くが、それはそれとして仁徳天皇陵行きはさらに遠のいたわけだ。仁徳天皇陵だけではない。さまざまな墓を訪ね歩いて、「生きるとは」「死ぬとは」「永久の眠りとは」「弔いとは」「あんたたちにはなんも迷惑かけないようにちゃーんとしてあるから！　と言いつつ何もせずに死ぬ父とは」ということを考える旅自体が、今は難しくなったのだ。

まさかこんなことになるとは。と毎回愚痴っている気がするが、本当にこんなことになるとは。これはもう墓など買うなということだろうか。父が生前言っていたように、「そこらの道に」適当に骨を撒けということなのか。それならそれでいいけど。って、よくないけど。犯罪ですけど。そしてそんな私の迷いとは無関係に、市営霊園使用者の募集が始まってしまっているわけですけど。

いや、そうなのだ。前回書いたように、札幌市の市営霊園の募集が開始されているのである。お墓についてぐるぐるしているうちに、市営霊園側がいきなり門戸を開いてしまった。それまで冷たく「次の募集時期は決まっていません」とかなんとかつれない態度だったのに、突然前のめりになって誘いをかけてきたのだ。何がきっかけで心変わりをしたか知らないが、というかだいたい三年に一度の割合で心変わりをするようなのだが、今年がその年であったらしい。

心変わりをした霊園は強気である。「よろしくって？　私は決してあなたのものにはならなくてよ」とばかりに、分譲ではなく使用料（及び清掃手数料）を納入しての貸与であると念を押し、「お住まいはどちら？　いつからそこに？」と申込者の市民歴の長さを問う。自分の人気を自覚して、「おほほほ！　さあ、強運の持ち主よ、私を射止めてごらんなさい！」と、抽選になることも公言していた。聞けば、今回は市内三箇所の霊園で、計二百五十区画の募集である。どれくらいの応募があるものなのか、ホームページで過去の倍率を確認すると、区画や年によって差はあるものの、平均ではだいたい五倍、多い年で八倍くらいのようだ。くじ運のない私はたぶん外れるだろうが、ひょっとするとうっかり当たってしまうこともなくはないという、微妙な数字である。非常に悩ましい。

応募の決心がつかぬまま、募集要項を読み進める。すると、一つ大事なことがわかった。現物としての「骨」の重要性である。応募資格や必要書類、さらに当選後のスケジュールなど、さまざま細かい規定があるが、それよりなにより大切なのは遺骨である。遺骨が手元になければ話にならない。「さあ！　ご覧ください！　これを！　このお骨を！　今こそ！　私は！　この手で！　納骨したいのです！」という確固たる意志と現物があって初めて、応募への第一歩が踏み出せるシステムなのだ。

つまり、骨になる前の身体で申し込みをし、「死んだらここに入れてくれ……春には桜の花びらが舞い散るここに……」と言い遺すような予約方式は不可だということである。また、抽選であるから、墓所も選べない。桜が舞い散るところなのか、銀杏《いちょう》の葉がばっさばさ落ちるところなのか、はたまた何も舞ったり落ちたりしないところなのか、当選してみないことにはわからない。そこに故人の遺志は介在し得ないのである。幸い父の場合は遺骨は手元にあり、埋葬場所についても「そこらの道に撒いてくれればいい

よ」という故人の遺志以前の話なので、我が家に関していえば、どちらも影響がないといえよう。

以上のことを踏まえて、もし私が応募をするならH霊園（名前を伏せる意味は全然ないが、「霊園」という文字にはイニシャルが似合う気がして、なんとなくそうしてみた）であろう。家から一番近く、母方の先祖も眠っている。ここの募集区画は三種類。簡単にいえば「普通サイズ」「やや広サイズ」「もっと広サイズ」の三パターンで、これはほかの二つの霊園と比較してバリエーションがかなり少ない。開設が昭和十六年ともっとも古く、お墓に対する多様性があまり求められない時代だったのかもしれない。

広さが三種類なら、使用料も三種類である。基本的に広ければ広いほどお値段が上がるのは現世と同じシステムというか、まあ墓地は思い切り現世のものではあるが、とにかくすべての人間に等しく訪れる「死」の段階を経た後も、人はやはり金銭に左右される存在なのだなあと、料金表を見ながらしみじみ感じ入る。虚《むな》しい。しかもその金銭を私が払うのだ。虚しさに拍車がかかる。

応募〆切は今月の下旬で、抽選会は六月半ばだそうだ。当選後も、資格審査や細かい書類提出など諸手続きが待っているらしい。その書類提出がおそらくキャンセルの最終チャンスであろう。それを過ぎると速やかに使用料等の納入を迫られ、さらにそこから三年以内に墓碑を建立しなければならない。その規定が守られない場合は使用許可を取り消され、お金も戻ってこないのだそうだ。

「いつまでも私を引き止められると思ったら大間違いよ。おほほほほ」

という高笑いが聞こえるようである。それにしても、これを読んでいる人のうち、一体何人が札幌市の市営霊園募集要項についてここまで詳しく知りたいであろうか。仁徳天皇陵からずいぶん遠くに来てしまった。全部新型コロナウイルスが悪い。

五月某日

お墓について母に相談してみる。

「どうする？　H霊園申し込む？」

「うーん、私はどっちでもいいよ」

子供の頃、夕飯に何を食べたいか訊かれて「何でもいい」と答えた時、「それが一番困るの！」と怒ったあなたはどこへ行ったのか。

五月某日

お墓について妹に相談してみる。

「どうする？　H霊園申し込む？」

「うーん、三年以内にお墓建てなきゃならないんだっけ？」

「そう」

「うーん」

「うーん」

「道に撒く？」

五月某日

おそらく当選はしないだろうと踏んで、というのも変な話だが、いざとなればキャンセルも視野に入れつつ、とりあえず応募してみることにした。申し込みは母の名前である。今年の一月一日以前から札幌市民であり、なおかつ遺骨を管理さえしていれば誰が「使用者」となってもいいが、父の「死体火葬許可証（実にストレートな命名ですね！）」の申請者が母であるため、そこは揃《そろ》えた方が何かと楽ではないかと考えたのだ。

申し込みはネットでできるとのことで、早速、専用ページに必要事項を入力する。本当に便利な時代になったものだ。七十年近く前、母方の墓を建てる時には、抽選のために徹夜で並んだらしい。くじ運のよさを見込まれた娘時代の母が、伯父の代理で駆り出され、「真っ暗だし、まだ若かったし、本当に怖かった」と、今でも思い出しては語る。当時、抽選は先着順で、「当たり」が全部出た時点で終了となる乱暴な制度だったのだ。

それに比べると、現在は平等かつ簡単だ。お役所仕事とよくいうが、お役所はお役所で少しずつ改善されているのである。感謝しつつ、申し込みボタンをクリックする。

「さあ、どうだ」

「………」

無言。待てど暮らせど「受け付けました」の受領メールが来ない。どうやら、一方通行応募のようである。これでは何かの手違いで未送信になっていても、確認する術《すべ》がないではないか。だから、そういうところだぞ、お役所。

六月某日

抽選番号がメールで届く。無事に申し込みは完了していたようである。抽選は十二日後。毎回会場を設けて公開抽選会が行われていたが、今年は新型コロナウイルスの影響で中止となり、代わりに札幌市 YouTube 公式チャンネルで動画配信されるらしい。受領メールは届かないが、なかなか行き届いたことである。

六月某日

抽選の日を迎え、朝からパソコンの前で待ち構えていたものの、一向に始まらない。変だと思ったら日にちを間違えていた。

六月某日

今日こそ本番である。ということをきれいに忘れていて、思い出した時には既に抽選は終わっていた。一体何をやっているのか。まあ、当選した場合は、いずれ札幌市からお知らせがあるらしいが、どうせ

なら「当たりたいような当たったら困るようなでもやっぱり嬉《うれ》しいようないやいやすぐにお金を振り込め墓を建てろと言われても大変だろうだけどいずれはそうしなければというか墓の問題何も解決してないぞ」などと千々《ちぢ》に心乱れながら抽選を見てみたかった。悔みつつダメ元で探してみると、なんと遡って視聴できることが判明。受領メールは届かないが、行き届いたことである。

そんなわけで、数時間遅れで抽選会に臨んだ。スタッフは男女三人。商店街の福引のようなガラガラを回す係が一人、玉に書かれた抽選番号を読み上げる係が一人、それを表に書き取る係が一人といったところだ。最初に不正がないことを確認し合い、抽選は淡々と進んだ。私が申し込んだ区画は、墓所数も多いが希望者も多く、毎回倍率が高くなる傾向にあるようだ。自分のくじ運を考えると当たるとは思えず、実際さほど当選したいわけではない。それなのに、外れるとなぜかがっかりしてしまう。次々読み上げられる番号を聞きながら、「当たりたいような当たったら困るようなでもやっぱり嬉しいようないやいやすぐにお金を振り込……………え？　当たった？」

当たってしまったのである。手元の抽選番号と何度照らし合わせても間違いない。そんなバカな。呆然としつつ思い出す。そういえば申し込みは母の名前である。母、人生二度目の霊園当たりくじを引いたのだった。

第6回　先送りの日々

七月某日

落ちるだろうと思っていた市営霊園の抽選に、見事当選してしまって困っている。応募しておいて困っているもないものだが、再三言っているとおり墓にまつわるあれこれ（誰が管理するのだとか三年以内に墓碑を建てるのも大変だろうとかだいたいそれおいくら万円かかるのよとか）が、何一つすっきりしないままの当選なのだ。何で当選しちゃったかなあとついグズってしまうが、それはそれで「ぜひとも」の思いで応募しつつも外れてしまった方々に申し訳ない気持ちになってくる。以前、イタコの口寄せを体験してみたくて恐山《おそれざん》へ行き、友人と「有名人を呼び出してもらう？」などとふざけていたら、周りの方々のあまりの真剣さにしなしなと小さくなってしまったことがある。あの時と同じ気持ちだ。全然成長していない。親の墓のことなのに。

それにしても、どうしてこんなことになってしまったのか。不思議に思って調べると、やはり今年は倍率が低いようだった。H霊園についていえば、多い時には十倍を超えていたものが今回は四・五倍とかなりのボーナス回である。理由はよくわからない。墓じまいブームが影響しているのかもしれないし、あるいは新型コロナウイルスの影響でお墓どころではなかったのかもしれない。

　考えた末、とりあえず問題を先送りすることにした。今月下旬の書類送付後でも、最終決定は間に合うらしい。時間を稼いでいる間に、名案が浮かぶ可能性もある。それならば今は何も考えずにいよう。そうだそうだそうしようと、先日、我が家の荒れ地にプチ群生していた三つ葉と思《おぼ》しき植物を摘み、何も考えずに味噌汁《みそしる》に入れてみた。どこからどう見ても三つ葉だが、植えた覚えも育てた覚えもないので、いささか躊躇していたのだ。実際食べてみると、とても香りの高い美味しい三つ葉であった。良い子は真似《まね》しないでください。

七月某日

実はインターネットの中には未来人がたくさんいる。未来から現代の我々に警告を与える人たちだ。戦争や政変、天災などについてが主な話題だが、最近は新型コロナウイルスに特化した未来人も増えた。どうせならもう少し早く警告してほしかったが、未来人にもいろいろ都合があるのだろう。

先日見かけた人は、日本における第二波の被害の大きさに触れ、早めの対策を訴えていた。東京の新規感染者が、再び百人を超える日も明らかにしている。ただ、その「対策」については具体的アドバイスがなく、特効薬やワクチンの情報もない。せめてヒントだけでも……と思っていたら、なんと未来人のいる未来というのは、来年一月の日本ということがわかった。思いのほか近い。それは未来人というより、ほぼ我々と同じ現代人と呼んで差し支えないのでは、との思いが拭えない。

七月某日

例の未来人が沈黙している。「東京の新規感染者が再び百人を超える日」が、自身の警告よりかなり早く来てしまったからだろうか。心配だ。

七月某日

未来人が再び現れた。ただし、新型コロナウイルスについてはまったく触れず、企業のキャンペーンツイート（これをリツイートすると抽選で当該商品が当たります！）を粛々とリツイートしている。一体未来人に何があったのか。もう新型コロナウイルスについては語れないのか。あるいは、このキャンペーンも何かのメッセージなのか。そもそも当選しても、受け取るのは半年前の自分ではないのか。過去に謎の当選品を受け取った記憶があるのか。知りたいことはたくさんあったが、それについては無言のままだった。もう我々現代人への警告は諦めたのかもしれない。寂しい。

七月某日

東京を中心に新規感染者の増加傾向が止まらない中、「Ｇｏ Ｔｏ トラベルキャンペーン」とやらを前倒しで実行するらしい。「うぇえ？」と思わず声が出たが、観光業のダメージはそれだけ大きいのだろう。「キャンペーン中に行ってみたい場所は沖縄と北海道」というネット記事を見て、いささか複雑な気持ちになりつつも、「まあ、そうでしょうね……」と納得する。カステラでもだし巻き卵でも巻き寿司《ずし》でも、端っこが美味しいと昔から決まっているのだ。況や日本列島をや。

七月某日

あの未来人のアカウントが消えてしまった。未来に帰ったのかもしれない。

七月某日

そろそろ市営霊園に関する書類を準備しなければならない。必要なのは、
母の住民票（手続き上の利用者）
父の死体火葬許可証（実質的な利用者）
誓約書
墓地使用許可申請書
の四種類である。誓約書と墓地使用許可申請書は、市側から送られてきたものに必要事項を記入して送り返すため、こちらで用意するのは住民票と死体火葬許可証の二種類

である。

住民票は妹に任せることにして、私はまず神棚へ向かった。そこから父の骨壺を下ろすのだ。ところが、これが案外重い。精一杯背伸びをして持ち上げたところ、あまりの重さに危うく取り落としそうになる。一気に嫌な汗が出る。落とすだけならいいが（よくないが）、頭から父の遺骨をかぶるような羽目にだけはなりたくない。掃除機で吸うにしろシャワーで洗い流すにしろ、なんとなく後生《ごしょう》が悪いし、それがきっかけで父に取《と》り憑《つ》かれても困るのだ。

それにしても予想外の重さである。ドラマなどでよく「こんなに軽くなっちゃって」と骨壺を抱くシーンがあり、私も父が亡くなった時は実際そう思ったのだが、なぜかその時より重くなっている気がする。時間が経ち、生きている父の重さを忘れてしまったのだろうか。

なんとか無事に骨壺を下ろしたところで、中から「死体火葬許可証」を取り出す。葬儀屋さんが、「これはとても大事な書類です。絶対に失《な》くさないようにここに入れておきます」と骨壺と一緒にしておい

てくれたのだ。子供の頃、冬にお使いに行く時はお金を落とさないように手袋の中に入れたものだが、それと同じシステムだ。おそらくは、かつてこの書類を失くした人がたくさんいたのだろう。その結果として生み出されたシステムだと思うと、過去のうっかりさんにお礼が言いたいくらいである。ありがとう。

　そういえば、誓約書と墓地使用許可申請書にも、間違えやすいポイントに注意書きがあった。「ここには申込者の名前を書くこと。くれぐれも死んだ人の名前を書いてはいかん。生きてる者の名前のみ書け」というような注意書きで、ああ、なるほど今までそういうミスが多かったんだな、お年寄りなどはうっかりお墓に入る人の名前を書いてしまうんだろうなと思いながら、私も死んだ父の名前を流れるように書いてしまった。何の躊躇もない、確信に満ちたペン運びであった。

七月某日

大相撲七月場所が始まった。前回の大阪から四ヶ月ぶりの本場所である。ただし、開催は名古屋ではなく、東京・国技館《こくぎかん》。すべてが新型コロナウイルスの影響である。

　実施にあたっては、さまざまな制約が設けられた。入場は一日二千五百人まで。四人用の枡席《ますせき》は一人で利用。観客にはマスクの着用とアルコール消毒の徹底、そして飲食の禁止が求められる。大声での声援も当然ダメで、一体どんな雰囲気になるのだろうと心配していたが、意外なことにこれがなかなかよかった。酔っ払って叫ぶような客もおらず、贔屓《ひいき》の力士や白熱した取組には紳士的に拍手を送る。四股名《しこな》のコールや手拍子も消え、時間いっぱい後に場内がざわついていることもない。なにより、前々から「これほんとは絶対一人用じゃない？」と思っていたぎゅうぎゅう詰めの枡席が、映像で見る限り、やはり一人用のサイズであることが

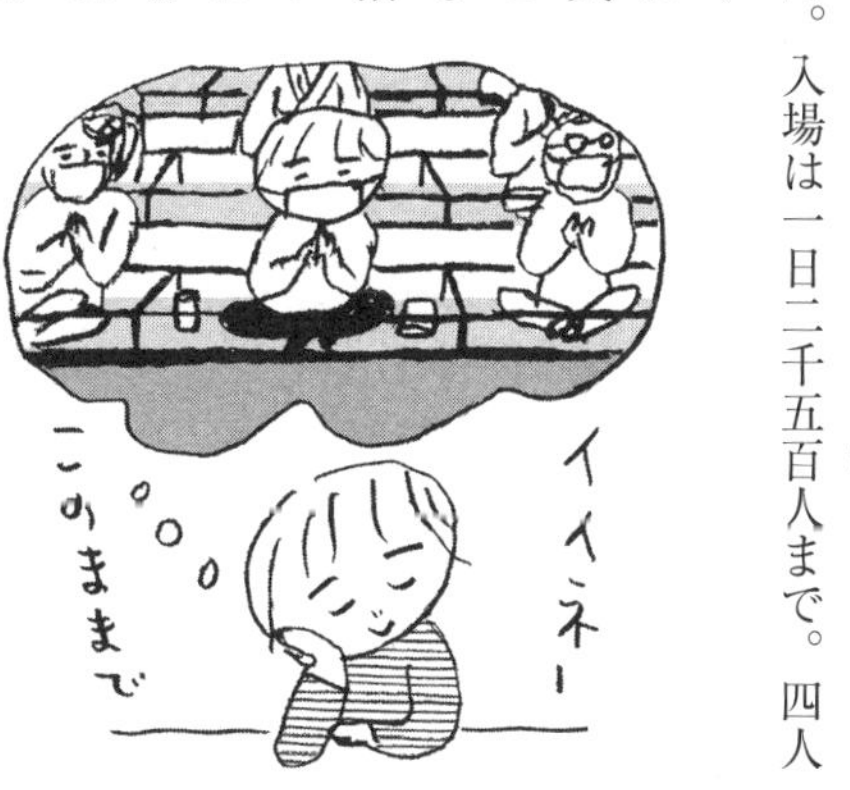

判明したのもよかった。三月の無観客相撲も味があったが、今場所も素晴らしかった。もう相撲はずっとこれでいきません？

七月某日

友人から唐突かつ強力に猫を薦められている。動物の保護活動をしている知り合いのところに、我が家にぴったりの猫がいるというのだ。甘えん坊で人懐こく、ほかの動物はちょっと苦手。つまり、一日中家に人がいて、先住ペットはおらず、しかも持ち家という我が家にうってつけということらしい。

その猫のことは私も知っていた。保護主さんのSNSで、よく目にしていたからだ。推定六歳の真っ白なメス猫である。かなり汚れた姿で外にいたらしいが、手厚いケアを受け、今はぴかぴかの別嬪《べっぴん》猫になっている。さまざまな検査やワクチン、避妊手術なども済ませたそうだ。

先代猫が死んで十七年。もう猫を飼うつもりはなかった。猫より先に自分が死ぬ心配をする年頃でもあるし、動物の一生を背負うのもなかなか覚悟がいる。持ち家といってもボロ家であるから、いずれ引っ越しも考えなければならない。そうなると、ペット連れでは選択の幅は狭まるだろう。遠からず訪れる母の介護との兼ね合いもある。だいいち仕事がなくなったら猫のご飯も買えなくなるのだ。ほらね、無理でしょう。

だが、断ろうと思いつつ、断る決心もなかなかつかない。平たい丸顔がかわいらしく、なにより先代猫との楽しい暮らしの記憶が蘇《よみがえ》る。猫好きの母に、もう一度猫との生活を味わわせてあげたい気持ちもある。どうしようかなあと迷いながら母に猫の写真を見せると、案の定「めんこいねえええええ」とヤギのような声で褒めていた。

七月某日

とりあえず一度猫に会うことになった。友人に連れられて保護主さんのお宅へ向かう。お仕事場であるトリミングルームの奥で、猫は物陰からじっとこちらを見ていた。近づいても怒らない。

「こんにちは。撫《な》でてもいい？」

訊いてからそっと背中に触った。夢のように柔らかく温かい。ゴロゴロと喉が鳴るのが聞こえた。

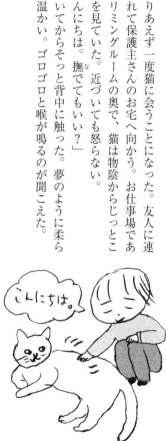

第7回　まだ飼うと決まったわけではないけれど

七月某日

相変わらず新型コロナウイルスにやられている世の中である。世の中のすべての予定が狂ったまま、既に七月も末。本来ならオリンピックが開会し、日本中が大騒ぎしている頃である。思えば、亡父はオリンピックをずいぶん楽しみにしていた。元々、スポーツとお祭りとテレビが好きという、オリンピックを観戦するために生まれてきたような人で、東京五輪も待ちわびていた。まさか自分がその前に死ぬなどとは、考えてもいなかったはずだ。私としては、年齢や持病などから、さすがに少しは考えてもよかったのではと思うが、どうやら本人にそのつもりはなかったようである。

確かに急なことではあった。私は父ほど楽観的ではなかったものの、それでもうまくいけばオリンピックを観られるかも……いやあ、さすがに無理かも……でも本人は観る気満々だから観られればいいね、との気持ちで白内障の手術の予約を入れたくらいである。おそらく最後の五輪観戦であろうから、せめてくっきりとした視界で観てほしかったのだ。それが一昨年の夏のことである。冷静になれば「あと二年は難しくない？」という話だが、先のことなどわからないし、テレビはオリンピックだけじゃないしと検査などを着々と進めていたところ、あなたオリンピックどころか、一ヶ月先の手術にも間に合わずに死んでしまい、おまけに大会が延期となったのだから、本当に世の中わからないものである。

あれからもうすぐ二年が経つ。死んでしまった人の時間というのは、ぷっつりと断ち切られてしまうものだと、事あるごとに実感している。父が知っている世の中の動きは、胆振東部地震までだ。その後は、新型コロナウイルスの流行も五輪延期も緊急事態宣言も娘が自分の墓のために苦労しているのも、何も知らない。「死んだお父さんがあの世から見守ってくれている」ことがあるかどうかは措《お》いておいて、公には父の時間は二度と動くことはないのだ。

世界は死者抜きで進んで行く。もちろん、我が家に十七年ぶりに猫が来るかもしれないことも、父は知らない。いや、まだ飼うと決まったわけではないけれど。

七月某日

その猫のいる生活を、母が夢想している。猫と一緒にテレビを観たいのだそうだ（テレビ好き夫婦）。世の中はこんなことになっているし、身体も思うようには動かないしで、テレビくらいしか楽しみがないのだろう。母は私が仕事をしている昼間、もっぱらBSチャンネルで韓流ドラマを観ながら過ごしている。以前の韓流ブームの時は見向きもしていなかったが、なぜか突如その面白さに目覚めたのだという。衝撃的なストーリー展開が病みつきになるらしく、私にも熱心に内容を説明する入れ込みようだ。

しかし悲しいかな、聞き役の私がドラマに無関心で、いくつものあらすじが混じり合い、「子供がいじめられて誘拐されたら本当は担任教師が王妃だということがわかって妊娠したら父の会社が倒産した」的な混乱した理解となっている。そりゃあ母も娘より猫に期待を寄せたくなるというものだ。

今日も、「もし猫がいたら毎日ドラマの筋を説明してあげて、どの人がいい人か悪い人かを教えてあげて、一緒に笑ったり怒ったりするんだけどなあ」と夢を語っていたが、ふと真顔になり、

「いや、でも今信じられないくらい意地悪な役の人が出てるから、そんな恐ろしいもの

は見せたくないわ。猫の教育に悪いから」

と猫の情緒を心配していた。すっかり飼い主の顔である。いや、まだ飼うと決まったわけではないけれど。

八月某日

　夜、私も猫のいる生活を思い浮かべてみる。一人でビールを飲みながら、ここに猫がいたらどんな感じだろうと考えるのだ。たとえば、テレビを観ていて（テレビ好き一家）ふと目をやると猫が寝ている。ビールのおかわりを取りに台所へ向かうと、自分のおやつかと思って足下にじゃれついてくる。ちょっとトイレに立った隙に座布団を占領される。

　先代猫の生きていた頃には当たり前にあった光景を心の中でなぞり、ソファの上や台所やテレビの前の特等席など、先代猫が好んだ場所に目をやってみるのである。するとどうでしょう。そこにはいない

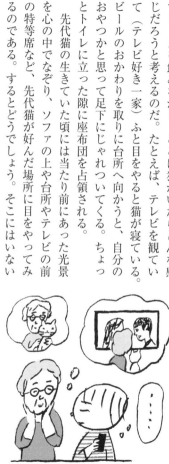

はずの猫の姿や感触がありありと……ということはなく、なぜか現実味が薄いではないですか。記憶としてはしっかり残っているのだが、感覚として猫の存在を感じることができないのである。

考えてみれば、先代猫が死んでから十七年。歳《とし》をとると十七年なんてあっという間といいつつ、そんな気持ちとは別に、時の流れは生きている人間を着実に別の場所へと運んでいくものなのだろう。父といい先代猫といい、「死ぬ」というのは、本当に「いなくなる」ことなのだと、新しい猫に改めて教えられた気がした。いや、まだ飼うと決まったわけではないけれど。

八月某日

飼うと決まったわけではないけれど、今日から猫がやって来る。まずは一週間、いわゆるトライアルとして我が家で暮らすこととなったのだ。トライアルの期間は、短縮も延長もできる。預かった猫が私と徹底的に気が合わず、お互い「殺《や》るか殺《や》られるか」みたいな関係になった場合は即座に打ち切ることができるし、「まだちょっと彼女の心が見えなくて、あたしたちどうしたらいいのかしら……」という時には、二週間、三週間と延ばすことも可能なのだそうだ。先月会った時には私も猫も人見知りをしており、それほど深い話し合いには至らなかったため、ほぼ白紙状態での同居となる。人懐こくておとなしい猫とのことであるが、相性というのはわからないものなのだ。

　午後、保護主さんと友人の二人が猫と大荷物を携えて現れた。大荷物の中には、猫のご飯やおやつ、お気に入りのおもちゃ、ベッド、ハンモック、キャリーケース、トイレセット、ケージ、さらには脱走防止用として窓に取り付けるためのフェンスまで入っている。フェンスは突っ張り棒とワイヤーネットと結束バンドで自作可能だそうで、これは友人が組み立てと取り付けを請け負ってくれた。エアコンのない我が家で汗だくになりながら、フェンスを設置する友人。傍らでは保護主さんが猫の食事や生活上の注意事項を説明しつつ、魔法のように猫グッズを取り出している。あれよあれよという間に、殺風景だった我が家に猫用品があふれた。トイレとご飯の場所を決め、ベッドやおもちゃも配置すると、そこはもう完璧な「猫ちゃんのいるおうち」だ。

「ここまでしてもらって猫を返す勇気が私にあるだろうか……」

と震えつつ、当の猫はどうしているかと見ると、早速家の中を探検中である。事前に猫を立ち入り禁止としたのは、母の部屋と父が寝起きしていた部屋の二箇所。あとは基本的に出入り自由に設定したため、廊下を行ったり来たりしながら忙しく各部屋を覗いている。やがて、一通りの探検を終えた後は、私の部屋の押入れに入り込んでしまった。暑いだろうに、なかなか出てこない。

「そこはね、もう何年も掃除をしていないところなのですよ……あと著者見本としていただいた私の本が貰い手もなく寂しく積み上がっているところなのですよ……」

と声をかけてみたが、

「あちき、もうしばらくここにいる」

とのことであった。

出てきたのは友人たちが帰ってからである。しばらく家中をうろうろし、最終的に私の部屋のローボードを居場所に決めた。その上で、大胆にもお腹を見せて眠り始める。

撫でても目を開けない。

「ぎゃあああ！　めんこいいいいい！」

と心の中の絶叫が聞こえたのか、以来、猫は私の後をぴったりついてくるようになった。部屋を出ようとすると、必ず追ってくる。トイレもお風呂もドアの前で待っている。真っ白な綿毛のような猫が、足下で私を見上げているのである。思わず、

「ここまでされて猫を返す勇気が私にあるだろうか……」

と情に流されそうになるが、早まってはいけない。

「ぜったいぜったいぜったい面倒みるから！」とだけ言ってりゃよかった子供時代とは違うのである。まだ飼うと決まったわけではないのである。

八月某日

ちょっとおお！　みんな聞いてぇえ！　朝起きると猫が！　真っ白な猫が目の前にいるのよおお！　触るとふわふわ！　尋常じゃないふわふわ！　喉なんかゴロゴロ鳴らしちゃって、撫でるとゴロンと仰

向けになって、それで目が合うと人間には聞こえないような周波数で「にゃあ！」って言うのよおおお！　昼間仕事をしている間もずーーっとそばにいるのよお！　ローボードのとこにいい！　ふと目をやるとそこに猫おお！　肉球なんて触り放題よおお！　しかもそれが柔らかいのよおお！　まだ二日！　うちに来てまだ二日でこれってどうなのよおお！　天使じゃないのおおおお！　まだ飼うと決まったわけじゃないけどおおお！

……という気持ちで、最近は一日を過ごしている。動物を撫でたり触ったりすると気持ちが安定し、肉体的にもいい影響があると聞くが、私の場合は血圧が上がっている気しかしない。

八月某日

猫にかまけている間にも、お盆が着実に近づいてきた。父が死んで二度目のお盆である。二年前の今頃は父が入院中で、母が肩を骨折中であった。父は持病の治療中に椎間板ヘルニアが悪化、歩行困難となり、母は利き腕が六週間に亘って使えない状態にあった。手負いの老親を抱えて、目の前が暗くなったのを覚えている。しかも翌月には胆振東部地震が発生、地震後すぐに父は亡くなり、今度は父の遺した面倒事が山ほど降り掛かるという怒濤《どとう》の展開が待っていた。

　おそらくこの先、夏が来るたび、あのぐわんぐわんと洗濯機で揉《も》まれたような日々を思い出すだろう。あまりに当時の記憶が強烈すぎて、去年、つまりは父の新盆のことなどほとんど覚えていないくらいだ。それでも時は流れ、また一年が経ったのである。

　今年のお盆、父は帰って来るだろうか。それともお骨と一緒に、まだ家にいるのだろうか。そして我が家は猫を飼うのだろうか。

第8回　死せるご先祖生けるキミコを走らす

八月某日

年々、盆暮れが忙しくなる。

以前は母が、あるいは母と二人でやっていたことを、今は自分一人でしなければならなくなったからだろう。幼い頃は、お盆もお正月も楽しいだけだったが、あれは「雪が降って喜んでいるうちは子供」「映画の寅さんを見て楽しい人だなあと思っているうちは子供」と同じ理屈である。雪も寅さんも、実際に相手をしようとすると、相当面倒くさいものなのである。

というわけで、お盆の買い物へ。花を選び、野菜、果物、乾麺、お菓子、スーパーによくある「供物セット」、それから赤飯のおにぎりを購入する。赤飯は墓前に供えるのだが、グーグル先生によると、北海道や東北など主に北国方面の風習らしい。理由はよくわからないそうで、貴重な小豆をご先祖様に食べてもらうためとか、魔除《まよ》けとしての小豆だとか、諸説あるものの、個人的には「お赤飯、美味しいから」でいいじゃないかと思っている。「ご先祖様にかこつけてご馳走食べちゃえ！　ほら、生きてる者も元気出していこーぜ！」という感じがして、とてもいい。ちなみに北海道の赤飯には甘納豆が入っており、甘味が贅沢《ぜいたく》だった時代の「二重のご馳走」感も味わえる仕掛けとなっているのだ。

　買い物から戻って、まずは花を水揚げ。それから翌朝のお墓参りに備えて、墓参セットを用意する。生米、供物セット、乾麺、赤飯、お菓子、酒、水、缶ビール。あとは蠟燭と半紙とライター、そして掃除用の濡れタオルとゴミ袋。それらをバッグに詰めて持ち出すばかりにするのだ。毎年思うが、人というのは死んでからも案外手のかかるものである。

　手がかかるといえば、父のお墓もなんとかしなければならない。考えるのが嫌になり、忘れたいと思っているうちに、本当に忘れてしまっていた。なにしろ市営霊園の抽選に当たったのはいいが、我が家においてはその後、一切の進展がないのだ。墓を建てた場合の将来の管理者問題を含め、何一つ結論が出ていない。できれば誰かに丸投げしたいなあと思っているうちに、行政側の手続きだけはさくさくと進み、もしお墓を建てるのなら、そろそろ札幌市に賃貸料……じゃなくて、何だっけ、使用料だっけ？　を振り込まなければならない時期にきてしまった。積極的に欲しい買い物ではないので、自分の払うべきお金の種類まで忘れてしまっている。どうしたもんだか。

八月某日

五時半起床。神棚を掃除し、まだ鎮座している父の骨壺を見ながら、「今日帰って来るの？　それとも死んでからずっとここにいるの？」と尋ねてみるが、まあ気分で言っただけで本当はどっちでもいいことに気づく。父が死んで二年。父の記憶が薄れることはなく、懐かしく思うことも多いが、かといって「いつもそばにいてくれる」感じはせず、逆に「世界のどこにも父はいないのだ」と悲嘆することもない。存在も不在もとりたてて実感したことはないというのが、本当のところだ。未だ心の中に「死んだ父」の収まりどころが見つからずにいるせいかもしれない。

いずれにせよ、ご先祖さんは父だけではないので、彼らをお迎えすべくお供え物を設《しつら》える。野菜や果物をはじめ、墓参セットを本格化したようなラインナップだ。途中から妹一家が手伝いに来てくれ、改めて「ほんと死んだ人も手がかかるよね……」と言い合う。どうせなら死んでしまった彼らが年に一度、生きている子孫をねぎらい励ます行事がお盆であればいいと思うが、その場合は死んだ人が我々をどう励ますのかが難しい。順番に幽霊となって出てこられても扱いに困るし、夢でロト6の当たり番号を教えてくれるくらいが現実的であろうか。現実とは何だという話ではあるが。

　終了後、母方のお墓参りに出発。昔は父の仕事終わりを待って夜に出掛けていたものだが、今はすっかり早朝派となった。霊園へ向かう道の渋滞と駐車スペース確保の困難さによって、

「だからもっと早く出ようって言ったっしょ」

「そんなこと言ったって仕事なんだから仕方ないべ」

という夫婦喧嘩の勃発や、夕飯が遅くなってお腹《なか》を空《す》かせた子供たちの不機嫌と車酔いが重なるなど、家庭内紛争の地雷が多く埋まっていたためである。

　ところが近年、その早朝墓参もなかなかの賑わいである。おかげで我が家の出発時刻も年々早まりつつあり、今年は午前六時過ぎには家を出ることになった。案の定の人出の中、それでも無事にお墓に到着。墓前には春のお彼岸で私が供えた花が見事に枯れて佇《たたず》んでおり、なかなかの侘《わび》しさを醸し出している。数年前までは母の姉である伯母がいち早く掃除とお参りを済ませ、必ずきれいな花が出迎えてくれていたのだが、その伯母ももうお参りされる側の世界へ行ってしまったのだ。ほかの伯母たちも歳をとり、いとこたちも札幌を出たりと、ここの墓もどうなることやらわからない。墓じまいがブームになるはずだと納得しつつ、そんな状況下で父の墓を新たに建ててどうするのだ、と

いう当初からの問題にやはり立ち返るのである。

帰宅しておにぎりを作り、妹一家に持たせて帰すと、どっと疲れが出た。時間としてはまだ朝の七時過ぎだが、一日が終了した感じがすごい。お盆すら既に終わった気がする。自分への慰労の気持ちを込めて、お墓から持ち帰った赤飯のおにぎりをもぐもぐ食べた。生きている者も元気出していきたい。

八月某日

猫のトライアル期間が終了した。同居を始めて一週間、とても人懐こい猫で昼も夜も文字どおり片時も私から離れない。しかも体を撫でても怒らず、トイレも完璧、爪研ぎは専用グッズでのみ行い、人間の食べ物には手を出さないという、なんとも飼いやすい猫であることがわかった。母の介護が始まったら、とか、私の仕事がなくなって食い詰めたら、などさまざまな心配はあるものの、せっかく慣れてきた猫の環境をまた変えるのもかわいそうで、このまま我が家の猫として迎えることにする。

保護主さんにそう伝えると、とても喜んでくれた。猫のご飯やお気に入りのおもちゃ、ハンモックなども、「嫁入り道具」としてそのままプレゼントしてくれるという。なんとありがたいことか。譲渡書類にサインし、

「か、必ず幸せにします！」

と花嫁の母に誓うようにして、正式に猫を貰い受ける。

夜、母が猫を撫でながら、

「ようちに来てくれたねー」

と声をかけていた。

八月某日

母と二人、猫を猫かわいがりすることで一日が暮れていく。なんともいえない幸せな気持ちだが、ただ、家族のメンバーが増えるということは心配事も増えるということである。食欲はどうか、体の動きはどうか、痒《かゆ》そうだったり痛そうなところはないかと、今まで考えてもいなかったことを気にかけねば

ならないのだ。口がきけない分、病気になったら人間以上に気も遣う。母も同じ気持ちのようで、

「これだけめんこい猫なのだから、アイドルになりたいと言い出すかもしれない。もちろん応援するのはやぶさかではなく、絶対に成功もするだろうが、人前に出ることが増えたら誘拐の可能性も増える。そうなった場合、自分の年金では身代金《みのしろきん》を払いきれない。どうしたらいいか」

と新手の不安を訴えてきた。

八月某日

振り込み期限が迫り、そろそろ本気で市営霊園の件を決めなければならない。しかし、市営も民営も納骨堂もお墓も、それぞれ一長一短がありすぎて、どうやって結論を出せばいいのかわからない。唯一わかったことは、安くて永代供養があってお骨の数に制限がなくて近くてきれい、といった夢のお墓はどこにもないということである。安くて一台で家中が暖まってわずかな灯油で一日稼働する夢のストーブがないのと同じである。

二十一世紀にもなってなぜそういうストーブが開発されないのか本当に不思議だが、まあストーブの話は今はいい。

問題はお墓である。いろいろな墓にまつわる場所を巡り、人の生き死にに思いを寄せ、その中で父のお墓をどうするかを考えようと始まったこの連載が、新型コロナウイルスの影響で札幌から一歩も出られないうちに、市営霊園に当選してしまうという思わぬ展開になってしまった。もう少し思いを寄せたり考えたりしたかったというのが本音であるが、いくら考えても同じところをぐるぐる回って埒《らち》が明かないだろうとも思う。自慢じゃないが、決断力のなさには自信があるのだ。

お盆に会った時、妹に納骨堂のパンフレットを渡して目を通すように言ってみたものの、明らかに及び腰で、「（費用を出す）お姉ちゃんのいいように……」という雰囲気が滲み出ていた。母も、「そんな立派なお墓なんていらないって。そのへんに撒いてくれれば」とついには父みたいなことを言い出しており、まったくもってあてにはできない。妹もだめ、母もだめ、自分の決断力も全然だめとなると、

ここはやはり父の出番であろう。

「外れると思っていた抽選に当たったのは、お父さんがそうしてほしいのかもしれない」

　と自分でもよく思いついたなという理屈でもって、結局は市営霊園の利用を決めた。決心が鈍らないうちに銀行へ行き、それなりの金額を振り込む。これを納めたら最後、三年以内にお墓を建てなければならず、それができない場合は返金不可、利用の権利もなくなるという。たとえば生きている人間の家を建てるとなれば、大変ながら喜びも大きいだろうが、死んだ人の住処《すみか》というのは正直、テンションが上がりにくい。どれだけ頑張っても入る人の喜ぶ顔が見られるわけではなく、喜ぶ顔を見せに来られても困るからだ。

「いいのかなあ。でもまあせっかく当たった墓所だしなあ。だけど将来どうなるのかなあ」
　と、銀行からの帰り道もぐずぐずしていたが、家に戻ってカップ麺と炒飯《チャーハン》という腕白な昼食を食べたら、「なるようになるか！」と力が湧いたので、単にお腹が空いていた

だけかもしれない。
まあ、生きている者も元気出していくしかないのである。

第9回　ままならない日々を生きる

八月某日

世間では緊急事態宣言もとうに解除され、Ｇｏ Ｔｏ トラベルキャンペーンとやらも前倒しで始まっているらしいが、私の生活は春先からほとんど変わらない。ずっと飲みにも出掛けていないし、遊びにも行っていない。ならば、さぞかしお金が貯《た》まるだろうと思いきや、それが全然貯まらない。口座に穴でも空いているのだろうか。

今日もその穴の空いた口座から、排雪業者への振り込みを行った。父の死後、今までどおり融雪機で除雪を行うか、業者とシーズン契約をして月に何度か運び出してもらうかで悩んだ結果、とりあえず排雪業者と契約したのが一昨年の秋。そのまま三度目の冬を迎えることになったのだが、実は契約に際しては今年もさんざん迷った。楽でお安いのが一番よねーとは思うものの、融雪機の場合は燃料の灯油代やメンテナンス費の予測がつかず、業者に頼むと費用は固定だが排雪回数や運搬量の融通がきかない。

肝心の除雪作業は、融雪機の方が若干楽（積み上げる必要がなく、降る雪を片っ端から融《と》かせばいいだけだから）で、しかも今年は新型コロナウイルスの影響で灯油が値下がりしている。となると、気持ちは融雪機に傾きかけるが、問題はメンテナンスだ。なにしろ二十年物である。あちこちガタがきており、買い替えすら勧められそうな気がする。いつまでここにいるかもわからないのに、あんな高価なものを買い替えている場合ではない。

などとぐずぐず考えているうちに、排雪業者への支払い期限が近づいてきたのだ。墓の時とまったく同じだ。全然懲りていない。そもそもこの決断力のない人間に、なぜ世間は次々決断を迫るのか。バカじゃないのか。結局、「もう何も決めたくない！」という強い気持ちでもって、本日、振り込みを済ませたのである。

それにしても、まだ八月なのに冬のことばかり考えている。冬以外の季節は全部冬支度だ。春に分解掃除に出したストーブも、先日、三ヶ月の時を経てようやく戻ってきた。出て行ったきり一切音沙汰がなく、さすがに心配になったところでの突然の帰還である。再会したストーブは、見違えるようにぴかぴかになっていた。ずいぶん立派な姿である。が、聞けば、「もし部品交換が必要なら必ずお電話します。勝手に替えることはありません」と言っていた部品が、勝手に替えられたようだった。さらには「年数が経っているので、これがたぶん最後の分解掃除ですね。だいたいあと二シーズンかなあ」と余命宣告もされた。ぴかぴかから余命宣告まで、ものの十分ほどである。感情が追いつかない。業者の人が帰った後、「二年しかもたないとわかっていたら買い替えたのに……」とじわじわ憤りが湧いてきたが、もう後の祭りである。意地でも五年は使いたい。

八月某日

友人の運転する車で、積丹《しやこたん》方面にウニを食べに行く。実に数ヶ月ぶりの外食である。思えば、去年の夏も同じ友人と二人でウニを食べに行った。まだ新型コロナウイルスの存在しなかった世界、天気は悪かったが世の中は明るかった。運転は友人に任せて、私も呑気にビールを飲んだり海を眺めたりして、夏の一日を満喫したのである。

やっていることは同じだが、あの日がまるで遠い昔のようだ。今年はお互いマスク姿で、車内での会話も、

「いやもうどうなるのかねコロナ」

「収まってる実感ないよね」

「むしろ身近に迫ってるよね」

などと景気がよくない。目的地の寿司屋も予想より賑わっていたとはいえ、本来、夏の積丹半島はこんなものではないだろう。ここ数年は「インバウンド大爆発」の様相もあり、そもそもがとんでもない人出になっていたのだ。

本当にあの頃、誰が今の世の中を想像しただろう。世界なんて一瞬で変わる。寿司屋の客席だって変わる。座席数が減らされてスカスカになり、さらには「一人一卓システム」の導入により、友人との距離がやけに遠い。かといって大きな声を出すわけにもいかず、

「いつかまた宴会なんかができる日が来るのかねえ」

「いやあ……」

と口数少なく食事を済ませたのである。世界は変わっても、ウニの美味しさは変わらないのが救いであった。

八月某日

猫が新しい給水器を気に入って、よく水を飲んでいる。電動で循環するタイプのもので、先日のウニ友達がプレゼントしてくれたのだ。交換用のフィルターもたくさんつけ

てくれた。彼女は、うちの猫が我が家へ来るきっかけを作ってくれた人である。保護主さんとの橋渡しをして、トライアル前のいわゆる「お見合い」の時も送り迎えをしてくれた。その際には「ちょうど夕食時だから」と我々の分のみならず、家で留守番をする私の母のお弁当まで調達し、さらにトライアル開始日には脱走防止用のフェンスを設置、トイレや冬用ベッドを「お祝い」として譲ってくれたのだ。

そこへもってきての給水器である。「あの人にはよくしてもらった」という言い方があるが、彼女の場合はどう考えてもよくしてくれすぎだろう。一体何者なのか。ひょっとすると私が前世で助けた鶴の生まれ変わりなのか。それとも猫が助けた鶴の生まれ変わりなのか。猫に尋ねてみたところ、前世のことはよく覚えていないとのことだった。もちろん私も覚えていない。

九月某日

札幌市から「墓地使用許可証」が届いた。これでいつでも市営霊園に父の墓を建てられる。というか、三年以内に建てなければ使用権を剝奪されるカウントダウンが始まってしまった。三年なんてあっという間だ。すぐさま石材店を選ぶ作業に入った方がいいに決まっているのに、全然その気にならない。正直言って、選ぶことにも決めることにも飽きてしまった。お墓にしろ除排雪の方法にしろ、最近は「選んでは決める」ことが多すぎた。多すぎたといっても二つであるが、そのほかにも父の会社の始末など頓挫していることがいろいろあり、いささかうんざりしているのだ。

ただ、私もだてに長く生きているわけではない。「まだ日にちがあるから」と油断しているととんでもないことになるのは、学生時代の試験やレポート提出を引き合いに出すまでもなく理解している。なぜなら今、まさに今、この原稿がとんでもないことになっているからだ。全然、学習していない。

いずれにせよ、このままではいけない。しかし、正直面倒くさい。たとえ親の墓でも面倒なものは面倒なのだ。と思いつつ書類を眺めていて、ふと気づいた。そういえば墓所の下見をしていない。最初に霊園内の地図を郵送してくれ、「ここがあなたの当選した墓所ですよ」と印までつけてくれていたというのに、「一度見に行こう」という気持ちが一切湧かなかったのだ。死んでしまったとはいえ、父の住処である。ご近所さんの様子を知り、挨拶くらいしておいてもいい気がする。ご近所さんも全員亡くなっているとはいえ、それはそれであろう。

　理由を考えたが、どうやら私は埋葬後の父がお墓にいるとは思っていないようなのだ。お骨を納める場所が必要だからお墓を建てるけれども、そこに父はいない。では、どこにいるのかというと、よくわからない。例の歌の風のようなアレになって、森羅万象に溶け込んでいると言われてもピンとこないし、きれいさっぱり消えて「無」になったとも思えない。やはりまだ自分の中で、「死んだ父」という存在の収まりどころが見つからないのだろう。そのあたりのことも、お墓巡りをしながらの連載で考えるつもりであったのに、コロナのせいで札幌から一歩も出ないうちに墓所だけが手に入ってしまった。人生ままならないものである。

九月某日

猫を動物病院に連れて行く。先代猫は体も大きく、抵抗する力も強かったので、なかなか一人ではキャリーバッグに入れられなかったが、今の猫は小さくておとなしい。

「にゃー」

と抗議の声を上げているところを、「ごめんねー」とひょいとバッグに入れて出掛けた。あまりに楽で拍子抜けするくらいだ。一方、猫は諸々《もろもろ》腹に据えかねたらしく、病院の待合室で「あのねー、みなさんきいてー、おうちで遊んでたらねー、とつぜんせまいとこに入れられてねー、こんなとこに連れてこられてねー、こんなとこにねー、きいてーーーー！」と広く私の所業を訴えていた。とても人聞きが悪い。

九月某日

父の二度目の命日が近づいている。仏教では三回忌にあたる年回りだが、我が家の場合は五年祭まで法要的行事はないので、いってみれば普通の日だ。普通の日ということは、うっかり忘れそうだということである。父親の命日である。しかもまだ亡くなって二年である。さすがにそれはないと思うでしょ

う。その、なさそうなことをやってのけるのが私なのだ。

九月某日

ほらね、危なかった。

九月某日

近所の信用金庫から父の口座解約が完了したとの連絡があり、母と出掛ける。先日、「本店にも口座があり、支店の解約と合わせて返金をしたい」と言われて、手続きを進めてきたのだ。ところが今日の話によると、本店口座は信金側の「勘違い」で既に解約済み。返金はなく、さらに「死亡月のネットバンキングの使用料金が未払いなので支払うように」と言われてしまう。

「ネットバンキング？」

「はい」

「ネットどころか携帯のメールも使えなかった父がネットバンキング？」

「はい……」

何も理解できていない年寄りにネットバンキングを勧め、その利用料を月々徴収していたのかと思うとムラムラと腹が立ち、

「わかりました。ではお支払いしますが、かわりに私がここに預けている預金五兆円を今すぐ全額引き上げます！」

と席を蹴ったのである。と言いたいところだが、現実には私は一円も預けてはいないので、支払うだけですごすご帰る羽目になったのである。穴の空いた口座でもいいから作っておけばよかった。

いや、でも本当にそういう商売はいかがなものかと思いますよ。

第10回　襖《ふすま》よ、なぜ鳴く

九月某日

某日というか、彼岸の中日《ちゅうにち》である。暑さ寒さも彼岸までといいつつ、北海道は既に秋の気配である。いつものことだが、暦と季節が完全にずれている。半年前の春のお彼岸も、こちらはまだ冬であった。ざくざくした雪をかき分けて、お墓参りに行ったのを思い出す。今までお参りはお盆だけの習慣だったのだが、新型コロナウイルスのせいでこの連載の予定が狂いまくり、「墓つながりということでせめてお墓参りを……」と、やや不純な動機で出掛けたのだ。

担当編集者のN嬢も、私に合わせてご実家のお母様が眠る墓所をお参りしたそうで、眩《まぶ》しいほどの青空の下、桜の花が咲く美しい墓所の写真を送ってきてくれた。一方の私はといえば除雪用のスコップ持参で、雪の中から墓の掘り出しである。とても同じ国の同じ行事とは思えない。しかも三月の雪は湿っぽく、長靴の穴から水が容赦なくしみてくる。雪遊びをしすぎて凍えそうになった子供のような心細い気持ちで、「春のお彼岸は北海道では延期した方がいいのでは……？」との思いを強くしたのが、半年前のことだ。

ちなみに、その日は朝から襖がカタカタ鳴った日でもあった。居間と客間を仕切る襖が、断続的にカタカタ揺れ続けていたのだ。最初はてっきり地震だと思った。築数十年の古い我が家は、家のあちこちにガタがきている。当然、地震や風にも敏感で、人間が揺れを感じる前に建具がカタカタ鳴り始めることも珍しくはない。今回もそのつもりで反射的に次の揺れに備えて身構えたが、しかし一向に「次」がやって来る気配はない。つけっぱなしのテレビにも、地震速報は流れなかった。

「あれ？　何で？」

訝《いぶか》しんでいる間にも、襖は鳴り続けている。一瞬静かになるが、しばらく経つとまたカタカタと音を立てる。二～三秒鳴っては数十秒止《や》む、というパターンを繰り返していた。

「ほら、お母さん、聞こえる？」

テレビのボリュームを絞り、母に尋ねた。最初、耳の遠い母は聞き取れなかったようだが、何度目かにかなり大きな音がしてからは、「ああ、ほんとうだ」と真顔になった。

私の幻聴ではないことがわかってよかったものの、原因がわからないのはまったくよくない。どこかで工事でもしているのかと窓を開けて耳を澄ましても、それらしい物音はしなかった。

近づいて襖を確認する。目に見えるような異変はない。細かな振動が感じられないか床や壁に手を当ててみたが、それもなかった。そうしているさなかにも襖はカタカタと揺れている。襖のすぐそばには、人が前を歩いただけでガラス部分がガタつく年代物のサイドボードがあるのだが、なぜかそれは静かなままだ。素人なりにあちこち調べた後、

「襖の上のところから音がする」

わかったからといって何の役にも立たないことを重々しく口にしてみた。

「そう」

母もそう答えるしかないことを答えた。親子で顔を見合わせ、しかし何か結論や解決策が出るわけではない。

この場合、原因としてなにより恐ろしいのは家の自然崩壊だ。さすがにそれはないと思いたいが、なにしろ昭和の建物である。絶対にないとは言い切れないのが怖いところだ。以前、住んでいる家が崩壊したという人を、テレビで観たことがある。「階段や壁がだんだん斜めになってきたと思っているうちに、一気に崩れ落ちた」と言っていた。ひょっとすると我が家も今まさに、「だんだん斜めに」なりつつある状態なのではない

か。そう疑って改めて襖を開け閉めしてみるも、いつもどおりスムーズである。特段歪《ゆが》んでいたり、建て付けが悪い感じではない。何が原因なのか。どこかで目に見えない異変でも生じているのかと一階まで下りて確認し、そして目に見えない異変は何階にいようが見えるはずがないことに気づいてすごすごと戻ってきた。何をやっているのか。

　どうしようもないので、襖のことはいったん忘れて、お墓参りの準備を進めることにする。準備といっても、持っていくのは花と酒と水、それにスーパーで買った和菓子くらいである。なにしろ除雪用具を担いで行かねばならないので、荷物は少ない方がいい。それらをバッグに詰めていると、母がはっと思いついたように襖を指差して言った。

「ひょっとしてお父さんじゃない？」

「何が？」

「襖、鳴らしてるの」

「いやいやいや、まさかー」

　笑い飛ばしたものの、そういえば思い出したことがあった。数日前から父の部屋の前を通ると、時々妙な匂いがしていたのだ。死ぬ前の父の匂いである。

父は闘病期間こそ長かったものの、亡くなる直前まで普通に生活していた。椎間板ヘルニアの悪化で家の中でも歩行器を使っていたが、それ以外は身の回りのことはすべて自分でしていた。お風呂が好きで毎日のように入っていたし、父の部屋は家中で一番きれいだと言われていた。ところがいつからか、その父や父の部屋から妙な匂いがするようになったのだ。加齢臭とも違う、なんともいえない濃い匂いで、こっそり洗剤や柔軟剤やボディソープを変えてみてもそれは軽減されなかった。かなり強烈な匂いだったのだが、母や、たまに来る妹はさほど気にならないようで、

「お姉ちゃん、鼻がいいからね」

と感心していた。しかし、私は別に鼻はよくない。むしろ何年か前にひいたひどい風邪のせいで、嗅覚は衰え気味なのである。病気にはそれぞれ特有の匂いがあるという話を、以前どこかで目にした覚えがある。ひょっとするとそれかもしれないなと思ったが、では、なぜ母や妹は気づかないのか。ふつう気づくでしょう、あれだけ臭いんだから。

いや、気づいていても、知らないふりをしているのか。父を思いやって。だとしたら私一人が親を「臭い臭い」と騒ぎ立てている無神経娘みたいで人聞きが悪いじゃないの。ちょっと！　そのあたりどうなのよ！　などと葛藤しているうちに父は亡くなり、その後、部屋を片付けた際に、「ひょっとしてこれが諸悪の根源だったのでは？」と推測される古いカーペットを捨てて、匂い問題は解決したのである。

その匂いが、数日前から父の部屋の前を通ると、時折漂ってきていたのだ。あれ？と思いつつ、一瞬のことですぐに忘れてしまっていたが、ひょっとするとあれは気のせいではなかったのかもしれない。母に伝えると、さっきより確信に満ちた声で、「やっぱりお父さん来てるんでない？」と言う。

「何しに？」

「お彼岸だから帰って来たとか」

「帰って来るとしたらお盆でしょう」

などと話している間も、相変わらず襖は鳴っているのである。

「お父さんなら襖が外れるくらいガタガタいわせてみてよ！」

と叫ぼうかと思ったが、実際に外れたら腰を抜かすので、やめておいた。それにしても一体これは何なのだろう。もし本当に父親の仕業だとしたら、何をしに来たのだろう。用事があるなら夢に出てくるとかでもよかったのではないか。それをなぜ今《いま》。この忙しい時に。と、あれこれ考えているうち、ふと父の言いたいことがわかった気がした。

「おはぎ食べたい」

無類のあんこ好きの父は、お彼岸のおはぎを毎年とても楽しみにしていた。なんなら三食おはぎでもいいと宣言するくらいだったが、今回のお彼岸では除雪墓参りのことで頭がいっぱいになってしまい、まだ父に何も供えていなかったのだ。「あの娘は俺のことを忘れて、俺の入っていない墓の墓参りに夢中なのでは。このままではこのお彼岸、俺はおはぎを食べることができないのでは」と不安にかられての襖カタカタであるならば、非常に納得できる。そういうことをしそうな父だ。早速、骨壺の前におはぎを供え、「ごめんごめん」と謝る。その後、お墓参りから戻ってきた時には、もう襖は鎮まっていたのである。

ということが半年前にあったので、彼岸の中日である今日は、最初に父におはぎを供えた。きっと今頃、喜んで食べているであろう。

九月某日

彼岸の中日、昨日じゃなかった。今日だった。長々と語ったうえに、おはぎまで張り切って供えたというのに、今日だった。まあ、お彼岸という意味では合っているけれど、でも今日だった。

九月某日

久しぶりに外出することになった。今月末に出る新刊のサイン本を作成するのだ。今年は三冊の本を上梓《じょうし》することができたが、発売日時点でコロナの影響を受けなかったのは、二月に出版された最初の一冊（『ロスねこ日記』）だけである。握手なしという形でもサイン会を開くことがギリギリできたし、緊急事態宣言は発出されていなかった。

不運だったのは二冊目（『いやよいやよも旅のうち』）で、発売がその緊急事態宣言の時期とほぼ重なってしまったのだ。書店は休業し、人は街へ出なくなり、私も自分の本を外で目にすることはほとんどなかった。タイミングという意味では、本当に不憫《ふびん》な子だったのである。

そして今回の三冊目（『ハッピーライフ』）も、当初予定していた発売イベント的なものは、すべて中止となった。それでも一人でも多くの人のもとに届いてほしいと、版元の寿郎社《じゆろうしや》で一所懸命サインをしたのだが、いやいやそれにしても多すぎるのではないか。二百冊くらいあるだろう。自分で言うのもなんだが、この本はよくわからない内容の小説である。それをこんなにサイン本量産して大丈夫なのかと心配になりつつ、書けと言われるがままに書いた。終了後は寿郎社の中を無駄に練り歩いて自分の本（『最後のおでん』）が大量に売れ残っているのを発見、写真に収める。今になって思えば、非常に縁起の悪い行動といえよう。

十月某日

父の会社の神棚に宝くじ三十枚を見つけてしまう。外れくじを再び神棚に上げるとは思えないから、おそらくは買ったまま忘れてしまっていたのだ。抽選日は五年前。既にただの紙切れである。一瞬、過去の当選番号を調べて照らし合わせようとも考えたが、もし高額当選していたら正気を保つ自信がないので、そのまま捨てた。父もおはぎ食べたさに襖をカタカタ鳴らすのではなく、「神棚に宝くじがあるよ」とか、そういう具体性のあることを教えてほしいものである。まあ、今更教えてくれたとしても間に合わなかったのではあるが。

第11回　冬が来る前に

十月某日

覚えているだろうか。我が家のストーブのことを。春に分解掃除に出し、三ヶ月の時を経て八月の暑い盛りに戻ってきたストーブである。「部品交換が必要なら必ずお電話します。勝手に替えることはありません」と言っていたにもかかわらず、無断で部品の交換を済ませ、請求書とともにしれっと帰って来たストーブである。ぴかぴかの姿に嬉しくなって、「あと何年くらい使えそうですかね」と業者の人に尋ねると、「二シーズンかなあ」とあっさり短めの余命宣告をされたストーブである。部品交換が必要で、なおかつ二シーズンしかもたないなら、さすがの私も買い替えたのよ……との思いを呑《の》み込んで、笑顔で「おかえり」を言ったストーブである。

と、しつこく書いてしまったのは、今、目の前に広がっている現実を受け止めきれないからだ。どういう現実かというと、件《くだん》のストーブが壊れているという現実である。

朝晩の冷え込みがいよいよ厳しくなり、点火の儀を執り行ったのが数日前のことである。「二年と言われたけど、我が家の懐事情なども考慮して、あと五年は頑張っておくれ」との思いを込めて、厳《おごそ》かに点火スイッチを押したのだが、思えば既にその時から様子がおかしかった。うっすらと異臭が漂い始めたのである。

最初は気のせいかと思った。否、思いたかった。なにしろ分解掃除から戻ったばかりである。見た目はぴかぴかであり、暖かさも変わらない。どこにも問題はないはずなのだ。実際、素知らぬふりをして何度か使用をしてみた。しかし、やはり臭い。「不完全燃焼」という言葉が頭をよぎるタイプの、命の危機すら感じさせる異臭だ。何がどうなっているのか不明だが、一つだけ確かなのは、この状態で長い冬に突入するのは危険だということである。これからの季節、二十四時間休みなしで稼働し続けなければならないのだ。どこかの時点でストーブが動かなくなるか、一酸化炭素中毒で我々が動かなくなるか、どちらかだろう。

仕方なく業者に連絡。再び来てもらうと、「モーターが古くて回転数が落ち、エラーメッセージが出ないギリギリのところでの不完全燃焼かもしれませんね」と冷静に解説されてしまった。そこを点検してほしくて分解掃除に出したのですが……との思いをやはり呑み込み、買い替えを告げる。とにかく冬まで時間がないのだ。しかし、

「今のストーブと同じ性能のものだとこれですね」

と業者の人が指差したカタログにはあらびっくり。予想以上にお高い価格表示があるではないですか。

「でも定価からは値引きしますし、先日の分解掃除分も差し引きます」

と慌ててフォローしてくれたのは、おそらく私がわかりやすくしょんぼりしていたからだろう。そりゃあ、しょんぼりもしますよ。あと二年の余命宣告に驚いていたら、実際は「おまえはもう死んでいる」的な状況だったうえに、この突然の出費である。私が死ぬかと思ったわ。

十月某日

新しいストーブがやって来た。十数年ぶりの買い替えということで、とてつもない進化を遂げたストーブが登場するかと期待していたのだが、実際には見た目も性能も操作方法も以前とほぼ同じである。つまり、これが「FF式ストーブ」の完成形ということなのだろう。「いざという時には火を噴きながら空も飛べます」みたいな派手な機能を期待していたが、残念ながらそれはなかった。

トラックに載せられてドナドナと去っていく古いストーブを見送る。思えば前回の買い替えは真冬だった。暮れも押し迫った十二月二十七日の朝。掃除機の先がぶつかった拍子にスイッチがオフになり、再点火をしようと思う間もなくエラーコードが表示されたのだ。嫌な予感に苛《さいな》まれながらコード表に照らし合わせる。するとそこにはたった一言、

「故障です」

の文字。すべての希望を打ち砕く、何の手加減もない正真正銘の故障であった。呆然としているうちにも、室温がみるみる下がり始める。

急いで母と二人で電気店に走り、人生最速のスピードでストーブを購入した。

「配送・設置はいつになりますか」

「明後日《あさって》ですね」

「凍死します」

思わずそう答えたが、自分で運ぶことも設置することもできないのだから仕方がない。

「電気ストーブとこたつがあるなら、それでなんとか凌《しの》いでください」

店員さんの励ましに、青ざめた顔で頷いたのだっ

た。

我々の様子があまりに悲愴《ひそう》だったのか、結局、ストーブ設置は一日早まった。が、たった一晩火の気がないだけで、台所の洗《あら》い桶《おけ》には氷が張り、風呂場の床はスケートリンクのようになり、水道は凍結しかけ、折悪《おりあ》しく風邪をこじらせていた父は、まあそれだけが原因ではないものの、肺炎になって死にかけた。入院先で、「もうだめかと思ったわ」と笑っていた父は、

「でも大丈夫だよ、俺が死んでもあんたたちが困らないようにちゃんとしてあるから」

と胸を張っていたが、その十年後に本当に死んでしまった時、何一つ「大丈夫」ではなかったことは、これまで書いたとおりである。思い出したら腹が立ってきた。

十月某日

その大丈夫ではなかった父の会社の片付けを、少しでも進めることにする。ちゃんと

した片付けは、ほぼ一年ぶりである。あまりに大量でどう処分していいかわからない在庫の山と、棚やらソファやらの大型ごみと、昭和の日付の古い書類の束にすべての気力を奪われ、この一年、手をつける気にすらならなかったのだ。しかし、このままではまた冬が来てしまう。冬場は作業ができないので（寒いから）、今やらなければさらに半年は放置となってしまい、それはさすがにまずい気がする。半年が一年、一年が三年と、ずるずる先延ばしにしかねないからだ。

重い腰を上げ、妹一家と会社に乗り込む。乗り込むといっても白宅の一階だが、気持ちとしてはそれくらいの勢いが必要なのだ。父が死んで二年、会社は着実に廃墟に近づいている。先日、神棚だけは掃除をしたものの、床には前回の片付け時に出たゴミが散乱したままだ。それに加えてなぜか床一面に大量の虫の死骸があり、頭上の至るところに張られた蜘蛛《くも》の巣と相まって、いっそうの廃墟感を醸し出している。人の住まない家が荒れるというのは、本当なのだ。その廃墟の中で、妹一家と、永遠に終わらないような作業に取り掛かる。うちは文房具屋だっけと思うような大量の事務用品。運び出すことすら不可能に思える家具や棚。あらゆる引き出しから無尽蔵に現れる書類や伝票。書類の中には、今や存在すらしない銀行のものもある。

「古いものはすぐ廃棄！　代謝の悪い会社に未来はないですよ！」

「はい！　おっしゃるとおり、未来も会社もなくなりましたよ！」

と妹と言い合いながら、朝から夕方まで作業を進めるも、一向に片付いた気がしない。在庫は今はまだ勝手に手をつけることはできず、家具廃棄は手配が大変で、書類を捨てようにもシュレッダーがないからだ。去年、私が持ち込んだ家庭用シュレッダーは、激務に耐えきれずに数日で壊れてしまった。スイッチを入れても、刃が回らなくなったのだ。ならばいっそアナログの方がいいかもしれないと購入した手回し式シュレッダーは、過酷な使用状況のせいか、数時間で使い物にならなくなった。今はすべてを諦め、ただ分別だけしている。

それにしても、いつか片付く日が来るのだろうか。世の中、お金をかければどうにでもなるのだろうが、そのお金がどれくらいなのか見当もつかず、思い切ってお墓の分の予算を注《つ》ぎ込《こ》んでもいいが（よくないが）、そうすると当然ながら父の墓は建たないのだ。まあ、「道に骨を撒いてくれ」と言う父であるし、大好きだった会社のためなら自分の墓などなくても問題ないだろうから、もうそれでいいか（よくない）。

と、相変わらず迷走しつつ、最後に事務机やロッカーやキャビネットなど、鉄くずとして処分できそうなものの写真を撮った。ネットで見つけた業者に見積りを頼むことにしたのだ。夜、早速メールを送信。写真も添付した。「営業時間外の場合、返信は翌営業日になります」ということなので、明日には返事が届くと思われる。とにかく少しでも「事態は進展している」という実感が欲しい。

十月某日

翌営業日を過ぎてもメールの返事が来ない。あまりに頓珍漢《とんちんかん》な質問をしてしまったのだろうかと不安になり、業者のサイトを見直しても、「個人でも事務所でもなんでもいいからまずは問い合わせてくれ」的なことがやはり書いてある。間違いではないだろう。

十月某日

翌々々営業日を過ぎても返事が来ない。

十月某日

翌々々々々々営業日を過ぎても返事が来ない。できればすべてメールでやり取りを済ませたかったが、ぐずぐずしているうちに冬が来そうである。冬が来たら、何もかもがおしまいだ。いや、おしまいではないが、春まで物事は動かない。意を決して、直接電話で問い合わせることにする。

「もしもし、ちょっとお尋ね……」

『この番号は現在使われておりません』

「え？」

何度かけ直しても同じである。どうやら既に営業はしていないらしい。検索上位の会社であったが、サイトを閉鎖する余裕もないほどの状況だったのか。会社の後片付けは誰がやったのだろうと、我が身に照らし合わせてつい心配になる。

十月某日

先日の片付けの唯一の収穫は、昔のコンビニキャンペーンで貰ったと思しき「赤毛のアン」と「フランダースの犬」の絵皿だ。どれだけコンビニに通っていたのかという話だが、皿自体は未使用状態だったのでそのまま使うことにした。ふざけて「お父さんの形見の皿」と呼んでいたら、それを聞いた知人に「骨董《こっとう》ですか？　一度拝見したいです！」と言われてしまう。以前、薬局の景品で貰った小皿を、「あら、素敵！　どなたの作品ですか？」と客人が裏返したら、そこに店名が書かれていた時と同じ種類の気まずさを感じる。ちなみに我が家には「お父さんの形見のマスク」もあって、それはコロナ禍ではずいぶん助かった。

十月某日

新しい業者を探す気力もなく、ぼんやり猫とストーブにあたる。新型コロナウイルスの影響でこの連載の予定は大幅に狂い、ストーブは壊れ、会社の後始末は遅々として進まず、何もかもが停滞した年となったが、猫が来たのが唯一の救いである。

第12回　できること、できないこと、できなくなること

十月某日

新型コロナウイルスの新規陽性者が再び……なのか三度《みたび》なのかもうよくわからないが、とにかく増え続けている。しかし、ほとんど外出せず、人にも会っていない私には、「改めて感染予防対策を」と呼びかけられても、これ以上やるべきことが浮かばない。せいぜいインフルエンザのワクチン接種くらいだろうか。というわけで、母を連れて近所のかかりつけクリニックへ出掛ける。ここの魅力は、なんといっても待ち時間が短いことだ。胃カメラ検査など、受付から会計まで全部含めて三十分ほどである。亡父の受診に付き添った時に、

「奥さんもこちらへ」

と言われたことを除けば、大変よいクリニックといえよう。本日もあっさり終了。毎

年接種の母はともかく、私は十年とか二十年とか、それくらいぶりのワクチンであった。幸いなことに、その間一度もインフルエンザには罹《かか》っていない。人混みに出ることがほぼないとはいえ、よくぞ無事であったことである。

無事といえば、昔は学校で集団予防接種を受けていた。順番が来るとクラスごとに呼び出され、授業を中断してぞろぞろと保健室へ向かうのだ。全員が部屋には入り切らないため、廊下に並んでじっと待つ。その際に予《あらかじ》め袖を捲《まく》りあげておくよう指示されたのは、素早く注射が打てるようにするためだ。一人にかける時間をなるべく短くしたかったのだろう。

こう書くと、まるで流れ作業みたいな話であるが、実際のところ完全な流れ作業であった。なにしろ一本の注射器を複数人に使用するのである。何人か分の薬剤を一度にシリンジに入れ、それがなくなるまで次々打ち続ける。いつだったか、「今年は針を一回交換している！」と驚いた記憶があるので、それまでは針も使い回していたはず……と書いているうちに、「ひょっとしてこれはツベルクリン反応検査の記憶では？」と不安になってきた。念のために調べたところ、どうやらどちらも同じだったらしい。基本、注射器使い回し。ずいぶん乱暴な時代である。戦前の話かよと思うが、昭和後期。本当によくぞ無事であったというか、当然無事ではなかった人もいただろう。今となっては信じられない。

十一月某日

懐かしい人と再会した。知り合った時は二十代の若者だった彼らはその後結婚し、今や立派な二児の親になっていた。乳飲み子の印象しかない上の娘さんも既に小学生。「『鬼滅の刃《やいば》』ではどのキャラクターが好き？」という今年一番の難問をぶつけてきた。

「わたしはねえ、やっぱり〇〇が好き！」

世の中の人すべてがそれを知っていると信じて疑わない瞳でそう言うが、残念ながら私には〇〇が何であるかを聞き取ることすらできなかった。『鬼滅の刃』については、知識も興味もほぼゼロなのだ。唯一あるのは、「もんのすごく売れてるけど印税いくらくらいだろう」とこっそり計算したという、薄くて寂しい関係のみである。もちろん、いたいけな小学生にそのような大人の事情を告げることはできず、結局「うーん、なんというか、それは難しいねえ」などと意味不明なことを口走ってしまった。でも、印税計算をしている人って実は結構いるのではない

か。

十一月某日

もういつ雪が降ってもおかしくない。冬支度も佳境を迎え、そろそろ車のタイヤとワイパーの交換時期だ。タイヤに関しては、自分で替える派とプロを含めた他人に任せる派がいるが、おのれを一切信用していない私は、免許を取って数十年、すべて他人様《ひとさま》の手に委ねてきた。父が死ぬ前は父の会社が契約していたガソリンスタンド、その前は知り合いの自動車整備工場、さらにその前は父本人がタイヤを取り替えてくれていたのである。思えば当時の父は、自分の車と私の車と妹の車の計十二本のタイヤを一人でせっせと交換していたのだ。たいしたものである。

しかし、父が七十歳を過ぎたあたりで、突如私が我に返った。いつまでも老父にこんなことをさせてはおけないと、整備工場にお願いすることにしたのだ。やがて、父本人もそれに倣った。まだまだ元気で、ゴルフなんかにもばんばん行き、大好きなカツ丼とあずきアイスをもりもり食べ、医者から少し痩せろと言われる生活を送っていた頃だが、今から考えると、それまでできていたさまざまなことができなくなっていく最初の出来事だったかもしれない。

　実際、亡くなる数年前には腰痛が悪化、そうすると除雪などの力仕事がまずだめになり（カツ丼とアイスは食べていた）、次に長時間の歩行が難しくなり（カツ丼とアイスは食べていた）、さらには座位を長く維持できないため車の運転も不可能となり（カツ丼とアイスは食べていた）、最後は階段の上り下りも一人では難しくなってしまった（カツ丼とアイスは食べていた）。我が家の急で長い階段は、険しい山となって父の前にそびえたことだろう。昔、祖母の足腰が弱った時、

「いつか私たちも歳をとるんだから階段をどうにかしないと」

　という母のリフォームの提案を、

「ん？　うーん。どうだべな」

と、教科書に載せたいくらいの華麗な腕前で聞き流した過去を後悔したかもしれない。しかし、そもそも「どうだべな」とは何なのか。「歳なんてとらないよ」ということだったのか。その後、家族に無断で買った「絶対言えない値段の車」の代金で十分リフォ

ームできたであろう件と併せて、いつかあの世で会ったらぜひ問《と》い質《ただ》したいところである。

いずれにせよ、歳をとるということは、できないことが一つずつ増えていくことである。死ぬ三日前までカツ丼ととうきび（アイスはその前日）を食べていたとはいえ、父もそうであった。ただ、まだできることもあったはずだ。たとえば自分の墓を買うとか、せめて会社の後始末をするとかだ。いやもうしつこいようだが、本当にそれくらいはやってからあの世へ行ってほしかった。何を手ぶらで行っているのか。

今年は義弟がタイヤを替えてくれた。ありがたい。ちなみに父は必ず十一月三日を冬タイヤへの交換日としていた。なぜその日かと尋ねると、

「文化の日だから」

とのことであった。深く考えてはいけない。「どうしてあんこが好きなの？」との問いに、

「茶色いから」

と答えた男である。そこに意味などない。あるとすれば、「何も考えていない」ということである。

十一月某日

さらに冬支度が加速し、今日は義弟が一階のシャッター部分をベニヤ板で覆ってくれた。契約している排雪業者からの要望で、作業の際、重機で傷つけないためのものである。本来ならコンパネ（コンクリートパネル）がいいらしいが、買いに行くのも運ぶのも大変なので、ちょうど我が家にあったベニヤ板を重ねて代用することにしたのだ。ベニヤ板といっても去年の夏、物置を解体した際に出た廃材である。長年物置の壁として風雪に晒《さら》され、さらに一年以上地面の上に捨て置かれたそれを、処分前にもうひと働きしてもらうべく再利用した。

作業時間はわずか数十分。今回も義弟の仕事ぶりは見事だったが、唯一の誤算は出来上がりが廃屋だったことである。廃材の力は凄まじかった。古く、染みだらけの廃材ベニヤ板を正面シャッター前に据えたとたん、我が家はあっさり廃屋である。遠くから見ても近くから見ても廃屋。朝、ゴミを捨てに外に出て、ふと顔を上げるとそこには廃屋。

買い物から車で戻って角を曲がると、そこにも廃屋。「あ、廃屋が見える」と思ってから「いや、自分の家」と脳内で訂正する作業が思いのほか応える。一日も早く雪が降ってベニヤ板すべてを覆い隠してほしい。

十一月某日

現在、北海道は新型コロナウイルス感染症の「集中対策期間」中である。新規感染者が急激に増えたため、少し前に知事が対策を打ち出したのだ。内容的には、ススキノへの時短営業要請とか、不要不急の外出は控えるようにとか、感染が拡大している札幌との往来自粛とか、とりたてて目新しいものはないが、実際それしか打つ手がないのだろう。一方でGo To トラベルは続いており、「外出自粛を要請される地元民と自由に行き来する観光客」みたいなちぐはぐさも目につく。私が知事なら「全員が納得する方法なんてないんだーー！」と夜の国道を泣きながら駆け出したい状況である。

そして、私はやはりこれ以上の対策をしようがない。インフルエンザワクチンも打ってしまったし、集団接種に関する思い出も語ってしまった。仕方がないので猫に向かって、

「悪い病気が流行ってるからお外に出ちゃだめでちゅよー」

と啓蒙活動を行う。猫は終始無言。

十一月某日

「他人が見た夢と映画の話はつまらない」とよく言うが、ここのところ母が見た夢の話ばかり聞かされている。死んだ人がしょっちゅう登場するため、なんとなく不安になるようだ。そのたびに、

「お迎えが来るのかな」

と言うのだが、母の年齢を考えると、「死んだ人が何かを知らせに夢に出る」のではなく、「夢に出てくるほど親しかった人は既にほとんど死んでいる」が正解ではないかと思う。

十一月某日

そんな母であるが、父の夢はほとんど見ないらしい。私も最後に見たのは半年以上前だ。空の上から糸電話を垂らした父が、「これで話をしよう」と言ってきた。目が覚め

てから「あの世でもソーシャルディスタンスか！」と笑ったが、ね、他人の夢の話はつまらないでしょ？

第13回　新型コロナとともに暮れぬ

十一月某日

母のかかりつけクリニックが臨時休診になっていた。そうとは知らずにいつもどおりに出掛け、入口前の張り紙を見て初めて事態を把握する。期間は二週間程度。張り出された予定表によると、何日かに一度、代診の医師による診察が入っているが、しかしそれは今日ではない。

「聞いてないよ……」

呆然と張り紙を眺める私の横では、年配の女性が同じように困惑しており、横付けした乗用車との間を行ったり来たりしながら、

「お父さん、休みなんだって。何か書くもの持ってる？　ない？　ないの？」

と、おろおろしている。代診の日をメモしたいのだろう。そう思って、

「もし携帯電話をお持ちでしたら、張り紙ごと写真に撮るといいですよ」

と声をかけると、

「ああ、なるほど！　そうね！　そうだよね！　ありがとうございます！　さすがだわ！　お若いだけあるわ！」

と派手に感謝された。思わず、

「そうなんですよ！　お若いだけあるんですよ！　私は買い物リストも冷蔵庫のホワイトボードに書いて、出掛けに写真に撮るようにしてるんですよ！　さすがですよね！　そしてその写真を撮ったスマホを五回に一回くらい家に忘れて出掛けるんですよ！　さすがなんですよ！」

と告白しかけたが、そんなことをしている場合ではない。問題は薬だ。母には「毎日必ず服用するように」と厳命されている薬がいくつかあり、それを今朝の時点ですべて飲み切ってしまっている。明日以降の分を、どこかで処方してもらわなければならないのだ。

最初に浮かんだのは、近くのクリニックである。そこには十年ほど前まで家族でお世話になっていたが、今は誰も通院していない。ある年の年末、風邪で毎日点滴に通っていた父の容態が日に日に悪化し、ついには母が医師に向かって、

「あのね、このままじゃこの人、死にますよ！　明日から正月休みって、正月の間に死

んだら責任とってもらえるんですか！　医者ならレントゲンくらい撮ったらどうですか！」

と啖呵《たんか》を切る事件が発生したからだ。レントゲンの結果、わりと重めの肺炎とわかり、父はすぐさま別の病院に入院。そこの医師に我々家族が「どうしてこんなになるまで放っておいたんですか」とドラマのような台詞で叱られるという顚末《てんまつ》で、母の啖呵も正解といえば正解だったのだが、以来、さすがにバツが悪いと行くのをやめた。

「やっぱり嫌だなあ。先生、あの時のこと忘れてくれてないべか」

「絶対覚えてるでしょう」

渋る母を連れてクリニックに到着するも、なんということでしょう。ここも臨時休診ではないですか。驚いている間も惜しく次の病院へ。すると、さらになんということでしょう。今度は「本日の内科の診療は終了致しました」との宣告を受けたではないですか。

「もういいよ。お母さん、薬なんて飲まなくても元気だよ。健康だよ」

急にわけのわからないことを言い出す母に構っている暇はない。すぐにスマホで別の病院を検索する。もう日が傾きかけており、早くしないと診療時間が終わってしまうのだ。結局、引き受けてくれたのは四軒目の総合病院で、事情説明と診察と処方と長い待ち時間を終えた頃にはとうに日は暮れ、私はぐったり疲れ果てていたのであった。

後日わかったことによると、かかりつけの先生は新型コロナウイルス対応で大忙しの他の病院に、助っ人として駆り出されていたそうで、本当にあのウイルスのせいでさまざまな影響が出ている。コロナめ。いつか街でばったり遇《あ》ったら消毒用のアルコールを問答無用で浴びせかけ、弱ったところをとっ捕まえて石鹸《せっけん》で完膚《かんぷ》無きまで洗ってやるからな。覚えとけよ。

十二月某日

大学時代の同級生の訃報が届く。まだ早いという思いと、そうか我々もそういう歳になったかという思いが入り乱れ、すぐには気持ちの整理がつかない。遠くの街で暮らしていたこともあって卒業してからはほとんど会うことはなかったが、そのせいで思い浮かぶのは学生時代の若くて健康だった時の姿ばかりだ。頭がよく、いつもにこにこしていて、そばにいるだけで幸せな気持ちになるような人だった。ここ数年、闘病生活を送っていたと聞いて、それぞれ

に流れた月日を思う。夜になって別の友人にLINEで連絡。やはり、

「笑ってる顔しか浮かばないよ」

と返事が来た。

十二月某日

父が亡くなって二年余、父の部屋の箪笥をようやく処分することになった。死体の一つや二つ隠せそうな巨大な洋服箪笥と、ガラスの飾り棚が付いた和箪笥のセットである。こういってはなんだが、非常に邪魔な存在であった。特に洋服箪笥は背が高く圧迫感があり、もし大地震がきたら倒れて絶対に犠牲者（というのは父だが）が出るだろうと覚悟をしていたくらいだ。まあ、実際の大地震の時には、昭和の頑丈な造りが幸いしたのかびくともせず、倒れたのは伏兵、母の部屋の整理箪笥であった。犠牲者は出なかったものの、ドアを塞いでそれはそれで大変だったのである。

その巨大な箪笥の処分を、母の知り合いの便利屋さんが安く引き受けてくれたという。

我が家の近くで廃品回収の仕事があり、そのついでに持っていってくれるというのだ。処分には手間もお金も相応にかかるだろうと、半ば諦めかけていたので本当に助かった。

早速、箪笥を空にする。といっても、既にほとんどが処分済みで、残っているのは飾り棚になぜかいくつも並べられていた目覚まし時計と、引き出しの中のタオル類くらいだ。それらを取り出し、改めて箪笥を見上げる。デカくて古い。聞けば、新婚時代に父が仕事で付き合いのある家具屋さんから購入したものらしい。狭い新婚家庭にピカピカの箪笥が二棹《ふたさお》、圧倒的存在感で鎮座している情景が目に浮かぶ。若い夫婦の希望の象徴のような美しさであったことだろう。それが今ではあちこち傷だらけだ。洋服箪笥の扉は開閉するたびに、ジャングルの奥地に住む謎の鳥の鳴き声みたいな音を立てる。家中どこにいても、「お父さん、着替えてどこかへ出掛けるつもりだな」とすぐにわかるシステムだ。無理もない。五十年以上の時が経ったのだ。

その五十年に比べれば、搬出は一瞬である。この難関をどうやって突破するのだろうと心配していた狭い廊下や急な階段も、洋服収納部分、飾り棚部分、

引き出し部分、とそれぞれに分解することで見事クリア。一時間もかからずに運び出された。トラックに積まれる前、おひさまの下に所在なげに佇む箪笥を母と二人で二階から見下ろす。なぜか少しだけ胸が痛んだ。あの箪笥をきれいさっぱりなんとかしたいと常日頃から考えていた私でさえそうなのだから、母はさぞかしと思って尋ねると、

「あれ、お父さんが勝手に買ってきたんだよね。ずっと邪魔だなあと思ってたからよかった」

との感想であった。相変わらずさばさばしている。

十二月某日

少し前から正月準備を始めていた。昔は年末の数日で集中的にやっていたのだが、ここ数年、母が戦力外になったこともあり、短期決戦では私の体力も気力ももたないことが判明したからだ。去年、「それにしても、何でこれを私一人で？　妹一家も来るのに？」との理不尽さに目覚めて妹に訴えた結果、負担は軽減されつつあるが、それでも大変なことに変わりはない。早めにおせちと蟹を手配し、餅や正月飾りを購入、あとは大掃除と生鮮食品の買い出しと料理だけ（だけ？）と、今年も準備を進めていたのだ。

ところが、ここにきて再びの新型コロナウイルス感染者の増加である。「同居の家族

以外は集まってはならぬ」との呼びかけもあり、我が家も予定変更を余儀なくされた。妹一家には遠慮してもらい、母と二人での年越しを決めたのである。

　正直、気楽である。買い物も少なくて済むし、猫のストレスも減る。妹一家とはいえ他人が三人、しかも二匹の犬を連れてやって来るのだ。猫としては大変な負担であろう。その心配がなくなっただけでも、一安心である。

　思えば静かな正月など、初めてのことだ。子供の頃から年末年始は家族や親戚が集まり、賑やかなものと決まっていた。大学時代、一度だけ帰省せずに友人たちと年越しをした時も、同じように大騒ぎであった。年越しというか、下宿を移るという同級生の引っ越しを皆で手伝ったのだ。

「全員の都合が合うのが今日だけだった」との理由で大晦日《おおみそか》に引っ越しを決めた彼は、なんと荷造り一つしておらず、なんなら布団も敷きっぱなしで、

「よう！　みんなありがとう！」

　と明るさだけを惜しみなく振りまきながら、我々を迎えたのだ。しかも、入居から三年以上に亘って一度も掃除をしていない部屋は、なにかしらの糞《ふん》や

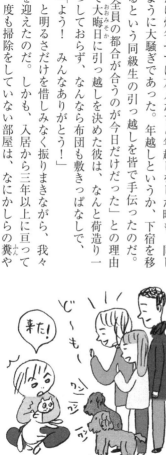

なにかしらの卵的なものが台所のシンク下にみっしり(以下自主規制)であり、普通の引っ越しとは一味違った精神的ダメージも被ったのである。

　終了後、紅白歌合戦を見ながら、彼の新しい下宿で皆で鍋か何かをつついたはずだが、疲れすぎていて記憶がない。覚えているのは雑魚寝をした明け方、誰かが私の寝姿を見て、

「ちっちゃいなあ！　ケメコすごいちっちゃいなあ！」

　と感心していたことくらいである。ひどい思い出である。

　その引っ越し年越しに、亡くなった友人が参加していたか、どれだけ考えても思い出せない。もう二度と体験したくはないが、でも楽しかったあの日。彼女も一緒に笑っていたならいいなと思う。

十二月某日

大晦日。妹が朝から旨煮作りに、夕方には義弟がきれいに盛り付けた刺身を持ってきてくれた。とてもありがたい。神棚へのお供えと大掃除を終え、予約していた寿司を取りに行く。寒い中、寿司屋の行列は店の外にまで長く延びていた。新型コロナウイルスの影響で、自宅で年を越す人がいつもの年より多いのかもしれない。

北海道は大晦日の夜からおせちを食べる風習がある。一年で一番のご馳走を堪能し、母は「もう食べられないよ」とのび太のようなことを言って、日付が変わる前に寝てしまった。

新年は猫と迎えた。

「あけましておめでとう」

と猫に言う。亡くなった父も同級生も、いや、死んでしまった人すべてが迎えられなかった新しい年である。猫は黙って私を見ている。

「生きてる人は元気で生きようね」

いい年になりますように。

第14回　父の出番

二〇二一年一月某日

寒い。そしてうるさい。寒いのは年末から記録的な寒波が到来しているからで、うるさいのはその寒さのせいで近所の床暖房用室外機が張り切って働いているからだ。

室外機は三台、私の寝室の窓のそばに据えられている。一年と少し前に完成した新築のお宅だが、暖房試運転の段階で、「ちょっと！　これうるさくて全然眠れないんすけど！」ということが判明した。冬中この調子では身がもたない。入居前ということもあってハウスメーカーを通して対処をお願いしたものの、何一つ改善されないまま最初の冬が終わったのである。正確には、暖かくなった頃にようやくメーカー側から、

「室外機の下にゴムを噛《か》ませたので、静かになったかどうか教えてください」

との連絡がきたが、時は既に春。暖房シーズンは終わりを迎えつつあった。

「では寒くなって暖房が稼働するようになったら様子を知らせてください」

と言われていた二度目の冬、

「やっぱりうるさいです」

と様子を知らせたのだが、今現在きれいに無視されている。電話をかけても、担当者すら出てこなくなってしまった。折り返しの連絡もない。というか、ゴムなどというものは氷点下の世界では硬くなって意味がなくなるのでは？

ということを深夜、眠れぬまま考えていると、私の心に平安を取り戻すには、世界が滅びるか、室外機にピンポイントで隕石《いんせき》が落ちるか、ご近所に直接怒鳴り込むか、うちが引っ越すか、大規模リフォームするかしかないような気がしてくる。

一瞬、選択肢が多いと錯覚するが、世界の滅亡や隕石は私の力ではどうにもできず、怒鳴り込んだところで返り討ちの可能性もあり、かといって引っ越しやリフォームを敢行するにも、まずはぐちゃぐちゃのままの父の会社をなんとかしなければならない。手続き的にも物理的にも大量の作業が残っており、それを片付けるとなると費用もかさむ。そもそも今年は墓のことも本格的に考えなければならないのだ。一体どこに新居費用やリフォーム費用があるとお思いですか？　と猫に訊いても知らんぷりだ。

かくなるうえは、亡父の出番である。せっかく死んだのだからという言い方はあれであるが、せっかくあの世の人となったからには、生きている人間にはできないことを成し遂げるチャンスであろう。家の廊下に二億円（非課税）が落ちているとか、通りがかりの「中途半端な昭和建築コレクター」の人が「おお！　これは何の変哲も風情もおかしみもない、まさに絵に描いたような中途半端な昭和の木造モルタル建築！　しかも素人が埋めた外壁の穴付きではないですか！　シャッターもいい具合に錆《さ》びついている！　どうですか？　この家と私の所有する駅前タワマンの最上階とを交換しませんか？」と持ちかけてくるとか、いくらでもやりようはある。次の冬にはタワマンの最上階で街の灯《あかり》を見下ろしながら、

「こんな不思議なことがあるなんて。きっと死んだお父さんが助けてくれたんだね」

と、母と語り合うのだ。父がいつ本気を出してくるのか楽しみである。

一月某日

寒くてうるさい私の日々を、お正月用に買い込んだ蟹が慰めてくれている。まさか母

と二人での年越しになるとは思わず、いつもと同じだけの蟹を用意していたのだ。気分はすっかり蟹長者である。三食蟹を食べてもまだ蟹がある。三時のおやつに蟹、昼酒のつまみに蟹、テレビのお供にだってもちろん蟹。食べ疲れたら猫と一緒にうとうと昼寝をしつつ、目覚めたら蟹。あっという間に太りそうな生活だが、幸いというかなんというか、雪がもさもさ降っているので、たまに運動がてら雪かきに出向く。それが終わると、また気持ちも新たに蟹とビール。室外機の件さえなければ、「元気に好きなものを食べて、猫と仲良く過ごして、時々身体を動かして、好きな時に寝る」という、今年一年を占うような素晴らしい年の初めであった。

一方で、今年はあまり餅を食べていない。父がいなくなって三度目のお正月だが、父のいた頃と何が一番変わったかといえば、食事、なかでも餅の消費量であろう。それが激減した。父は餅を深く愛する男であった。愛するがゆえに大量に食していた。父の育った家には、「正月三が日の間は食べる餅の数を減らしてはならぬ」との掟《おきて》があったらしく、一食ごとだか一日ごとだかに餅の数を増やし続けていかなければいけなかったそうだ。なかなかハードな縁起担ぎである。

父によると、

「元日はだいたい二十個くらいにしておかないと三日目が大変だからな」

とのことであったが、これは父が遺したアドバイスの中でも、もっとも役に立たないものであろう。なぜ娘が元日から餅を二十個食べると思うのか。

「一番すごかったのは俺のおじさんで一度に五十個食べていた」

と、八十歳を過ぎても憧れ交じりの口調で語っていた父の最高は三十数個で、そんなゴジラ対ガメラの決戦みたいな話は、だから我々には何の参考にもならないのである。

父は死ぬ年の正月も、元気に餅を食べ続けていた。まあ、基本的に大食いなので、ほかのご馳走もばかすか食べてはいたが、主食はあくまで餅である。正月二日には、いつもの年と同じように、大鍋二杯分の雑煮も作っていた。それを家族や年始客に振る舞うのだ。

父の雑煮は驚くほど具沢山だった。大量の大根を短冊切りにして下茹《したゆ》でし、大量のささがきの牛蒡《ごぼう》と人参を水に晒し、大量のこんにゃくは一口大にちぎってこれも軽く茹で、さらには大量の油揚げと豚肉を投入する。汁は少なめで味付けは醬油《しょうゆ》のみ。

「ほんとに醬油だけ？」

「醬油だけ！」

「お酒は？」

「ちょっと入れて！」

「出汁は？」

「出汁って何？」

きっぱりと言っていたが、これがなぜか深みがあって美味しかった。父が入院していた年、一度だけ自分で作ったことがある。同じ材料と同じ手順で作ったはずなのに、出来上がったのは「醤油を湯で薄めただけの似て非なる汁」であった。原因はよくわからない。父との違いは餅への愛と具材の量なので、おそらくは父の行う給食みたいな大量調理にコツがあるのだろう。

しかし、だからといって今の私にそれをする気力も体力も必要性も完成した雑煮を全部食べきる消化力もない。つまりは、もう二度とあの味は味わえないということだ。

今年は私が作った適当すまし汁に餅を入れて雑煮とした。

一月某日

その父のお墓のことを真剣に考えなければならない時期だが、そもそもお墓に対する知識が絶望的に不足しており、具体的に動き出せない。石材店を選ぶにも資料が少なく、複数の業者から見積りを取ろ

うにも、希望価格やお墓の具体的なイメージすら固まっていないのだ。

以前、妹と「どんなタイプにする？『愛』とか彫ってあるやつにする？」と冗談交じりに話していたことはあるが、正直言って「愛」と父はあまり結びつかない。どうしても彫るとしたら「餅」かなと思うが、さすがに一緒に入る母が怒るだろうし、母の好きな「チーズ」を併記するとしても、カタカナでは字面が悪い。ここはせめて漢字にしたいところである。

「餅と乳」

どうだろう。ってダメに決まっているのである。

結局、もやもやしたまま無駄にネットをうろつき、「北海道は墓地・霊園の数が全国で四十六番目に多い都道府県です」との記事に、「それは二番目に少ない都道府県なのでは？」との感想を抱いて終了した。あとは、お高いと評判の東京の墓地価格を興味本位で調べて、腰を抜かしそうになっただけである。東京には富豪しかいないのかもしれない。

一月某日

世の中にまたしても不穏な気配が漂い始めている。新型コロナウイルスの感染者が増え、ワクチンの話は一向に進まず、そうこうしているうちに首都圏から二度目の緊急事態宣言発出の波が広がりつつある。蟹も食べ尽くしてしまったし、新年早々明るい話題がほとんどない。

私も相変わらず外出は自粛しており、外に出るのは買い物と除雪くらいである。その除雪に今年はだいぶ助けられている。自粛生活で落ちる一方だった体力が、日々の作業により多少持ち直してきた気がするからだ。一時は車でスーパーに買い物に出掛けただけでぐったりと疲れ、猫と一緒に昼寝をするほどであった。これはもう完全におばあさんの域では？　と不安になったところで冬が到来し、日々、除雪に励んだことで今では一時間以上の除雪作業にも耐えられる身体となったのである。

さらには、雪のおかげで我が家の廃屋風味がだいぶ薄らいだ。排雪業者からの要請で家の正面シャッターに廃材ベニヤ板を何枚か立て掛けたところ、全米が引くくらいの廃屋感を醸し出したのが去年の秋である。そのベニヤ板を雪山がかなりの部分隠してくれているのだ。あのままでは、例の「中途半端な昭和建築コレクター」の目にとまるのも難しい状態であったことを考えると、今回ばかりは雪に感謝したい気持ちだ。あとはコレクターさえ通りかかってくれればいい。

それにしても雪に感謝する日が来るとは思わなかった。冷たいし邪魔だし除雪に時間はとられるしで、全然好きではなかった。その雪に今、助けられている。ありがとう雪。今日もバカみたいに降ったね雪。さすがにちょっとバカじゃないのかね雪。そう思いながら、朝から除雪。ベニヤ板を隠すように雪を積み上げていると、同じく除雪中のご近所さんから、

「ベニヤ見えなくなったねえ」

と声をかけられた。薄々そうじゃないかな、私だったらそう思うよな、とずっと感じていたが、やはり誰が見てもあれはひどかったのだろう。つらい。

二月某日

　昨日の夕飯を作っている最中に忽然《こつぜん》と消えた菜箸が一本、今度は今日の夕飯支度中に忽然と姿を現した。水切り籠の中もシンクの端も冷蔵庫と棚の隙間もキッチンマットの下も何度も捜したのに見つからなかった物が、その何度も捜した場所からひょいと現れたのだ。見つかったのはよかったが、なんとなく不思議で気味が悪い。まさか猫のいたずらでもないだろうしねえと母と二人で首を傾《かし》げながら、ふと気づく。まさかこれが、

「こんな不思議なことがあるなんて。きっと死んだお父さんが助けてくれたんだね」

　という例のアレなのだろうか。いや、いくらなんでも違うよね。こんなしょぼいはずはないよね。誰か違うと言って。お願い。

第15回　こんな地獄ある？

二月某日

延々同じ日々を繰り返しても一向に飽きないことでお馴染みの私であるが、自粛生活も一年を迎えようとしている昨今、さすがに些《いささ》かの飽きが見えてきた。ありがたいことに仕事はコロナ前と後でほとんど変わりはなく、当然自宅に籠りがちな生活も同じなのだが、それでも「天気がいいから」と突発的に飲みに行ったり、「仕事が終わったから」と突発的に飲みに行ったり、「心が求めているから」と突発的に飲みに行ったりできないストレスは、やはりじわじわ蓄積されているらしい。「これ、いつまで続くの？」とじっと手を見たりすることが増えた。

なにしろ毎日の暮らしに変化がなさすぎる。朝起きて、雪が積もっていれば除雪して、時間が来たら三度の食事を作って、ぽつぽつと仕事や家事をして、合間合間に猫を愛《め》でて、日が暮れたら風呂に入って、ビールを飲んで寝る……かと思いきや、近所の床暖房用室外機がうるさくて眠れないので、「あの室外機だけにピンポイントで隕石が落ちますように」と祈る。これをひたすら繰り返しているのだ。変化といえばゴミ出しだけで、「明日は何のゴミの日だっけ」「燃やせるゴミだっけ」「それなら今日のうちに猫トイレのシートを替えなくちゃ」と、生活のメリハリ部分の大半をゴミが担っている。ゴミもこんな大役を任せられる日が来るとは考えてもいなかっただろう。

近頃では時間の感覚までおかしくなってきた。時がやたら早く流れるのだ。週に一度のコープの宅配は三日に一回は来ている気がするし、月に一度の母の病院は二週おきに行っている感じだし、二年に一度の車検だって体感的には毎年だ。「子供時代の一年が大人と比べて長いのは、初めてのことが多くあって脳の処理量が増えるから」との説を聞いたことがあるが、こんな昨日と今日の区別もつかないような毎日だと、確かに脳も動く必要がないに違いない。今、間違いなく私の脳は止まっている。そしてその間にも、容赦なく時は流れているのだ。まことに恐ろしいことである。

二月某日

脳が停止しているので、やるべきことに手を付けられず、どんどん溜《た》まっていく。メールの返事は軒並み滞り、自分の病院予約はすべて後回し、確定申告の準備は帳簿付け段階で頓挫しており、父の墓の件に至っては石材店すら選んでいない。数え上げるとますます億劫《おっくう》になるので、とりあえず目の前のことを片付けようと、急ぎの車検だけ予約を入れることにした。この車検も去年済ませたばかりな気がするが、ディーラーさんからハガキが届いていたところをみると、実際は二年経つのだろう。本当に自分の感覚が信用できない。確認しようにも既にハガキは失くすか捨てるかしてしまった。もう何をしてもダメである。時の流れに自分の能力が追いついていない実感がある。

それでもなんとか電話を入れ、無事に予約を終えた。久しぶりに意味のある社会的なことを成し遂げた充実感で、「ほらごらん！　面倒だ面倒だとグズグズしているより、実際動いた方があっさり簡単なのよ！　私だってそれくらいわかっているのよ！　なにしろいい歳をした大人なんだから！　わっはっは！」と猫相手に高笑いをしていたら、切ったばかりの電話が鳴る。出ると再びディーラーさんである。彼曰《いわ》く、

「あのー、調べたところ、車検、今年じゃないですね。去年やってますね」

「は？」

いや、「は？」というか、やっぱりというか、そんなバカなというか、あのハガキは何だったんだというか、おそらく新車を買えって話だったんだろうというか、一瞬にして高笑いから混乱へと気持ちが急降下し、

「え、じゃあ、去年車検だった気がしたのは、本当に去年車検だったんですか？　去年が今年じゃなくて？」

　とわけのわからないことを口走ってしまった。自分を信用できず、自分を信用できない自分も信用できない事態に、かなり動揺している。電話の向こうでもディーラーさんが一瞬絶句したが、そこはさすがにプロである。すかさず、

「せっかくですから一年点検をしましょう」

　と営業をかけてきた。断る気力もなく、へなへなと承諾。全然そんなつもりはなかったのに、いわば不慮の点検である。もうどうにでもなればいい。

三月某日

　夕方の天気予報が、

「今夜から明日にかけて最高ランクの雪雲がやって来ます。大雪です。多い・重たい・捨て場のない雪が降ります」

　と、とんでもないことを言い出した。思わず身を

乗り出して、

「そんな希望のない予報ある？」

と画面に食って掛かったが、どうやらあるらしい。

予報どおり、夜になってしんしんと雪が降り始めた。最高ランクの雪雲がやって来たのだ。

三月某日

朝起きると、「多い・重たい・捨て場のない」雪がみっしり積もっている。最高ランクの雪雲は嘘ではなかったらしい。ざっと見たところ、除雪終了まで一時間半はかかりそうな積雪量だ。身支度をして出陣。外へ出ると、一歩目から膝近くまでズボリと雪に埋まった。その湿った感触に、一気にテンションが下がる。一月や二月の鼻息で飛ぶような軽い雪と違って、三月の雪はとにかく重い。その重い雪が膝まで積もり、そして今もまだ降り続いているのだ。スコップを手にあたりを見回す。どこもかしこも真っ白だ。

「こんな希望のない景色ある？」

どうやらあるらしい。ため息をつきつつ、除雪開始である。除雪の作業自体は単純だ。スコップとスノーダンプを使ってひたすら雪を除《よ》け、寄せ、捨て場の駐車場に積み上げていくだけだ。雪山の高さはゆうに二メートルを超えているが、雪国で培った技術を駆使してまだまだ積み上げる。必要なのは心を無にすることだ。何も考えない。思わない。いちいち作業の進捗をチェックしない。「こんなに頑張ってるのに、まだ十分の一しか終わっていない」などということになると、たちまち心が挫《くじ》けてしまうからだ。

今日も目の前の雪に集中し、手を動かす。明けない夜はないし、終わらない雪かきもない。黙々と雪を除け、少しずつ確実に積み上げていくことだけが大切なのだ。さすればほら、さしもの雪もすべてきれいに片付いて……と振り向くと、なんということでしょう。最初に除雪した場所には、既に新しい雪がもさもさ積もっているではないですか。

「……なんかこんな地獄なかったっけ？」

あるよ、ある。今だよ。

それにしても、除雪をしていると前世のことを思わずにはいられない。前世、私はどこかの国のお姫様だったのではと思うのだ。絵本で読んだ「雪」に憧れながら、革命によって命を落とした幼い姫。彼女が最期に見た景色は、刑場へ連行された自分の頭上に降りしきる革命の紙吹雪だった。

「きれい。まるで雪みたいだわ。本物の雪もこんなふうに美しいのかしら。ああ神様、どうか次に生まれる時は、真っ白な雪に囲まれて暮らせますように。雪国のどこにでもいる女の子に生まれ変わりますように」

その願いを神様が聞き届けたとしか思えない。それならそれで仕方がないが、ちょっと力を入れすぎではという気持ちもある。もっとこう年に一度か二度、さらっと雪が積もる程度の土地でお茶を濁す手もあったはずなのだ。

などとぼやいている私に、思いがけない助っ人が現れた。近所に住むおばあさんである。先日、買い物先で偶然出会った彼女を、車で自宅（といっても我が家の目の前）に送り届けたお礼だという。

「この間は本当にありがとうね」

と何度も言い、せっせと雪を除け、最後にはお餅まで手渡してくれた。

「あの時のお礼です」

「鶴かよ」

と声に出しそうになるのをこらえて、こちらこそと頭を下げる。彼女のおかげで、予想より三十分ほど早く終えられたのだ。情けは人のためならず。清々しい気持ちであったが、最高ランクの雪雲は未だ居座り、午後にはさらに五十分、夕方にも二十五分の追加雪かきが待っていることはまだ知らない姫なのであった。

三月某日

大雪の翌日、中古車販売店のおにいさんが、心底うんざりした顔で雪の中から売り物の車を一台一台掘り出す光景を目にする。ご愁傷さまである。

三月某日

朝、私が起きるのを待ちかねたように、母が「ちょっとここ見てくれる？」と、いきなり服を捲りあげてきた。こういう時はろくなことじゃないんだよなと恐る恐る見ると、案の定、腰のあたりの皮膚が広い範囲で剝け、なにやらぐちゅぐちゅと不穏な気配だ。

「低温やけどじゃないの、これ」

思わず言うと、

「違うよ」

即座に否定する。カイロも電気毛布も直接肌には触れないようにしており、心当たりは一切ないと言うのだ。

「ストーブの前で寝るからじゃない？」

「違うって」

違わないと思うのだが、本人は決して認めない。皮膚科に連れて行っても、

「先生はなんて？」

「おできだって」

「いやいや、低温やけどでしょ」

「おできって言ったってば！」

と会計待ちの間に怒り出す始末だ。まあ、確かに私も素人だし、母だってまさか病院まで来て嘘はつかないだろう。私が知らないだけで、おできがあんな風に広がったり潰れたりすることもあるのかもしれない。そう思い直し、

「わかったよ」

渋々折れると、母は憮然《ぶぜん》としたまま静かに頷いた。その後、薬局へ。処方箋を見た薬剤師さんが開口一番、

「ああ、低温やけどですか？」

と言うのを聞いた時は、いきなりその手を取り肩を抱き、

「ですよねーー!!」

と叫びそうになった。絶対低温やけどだって。

三月某日

変化のない毎日などとぼやいたせいだろうか。夜中、突然トイレの水が止まらなくなってしまった。温水洗浄便座のセンサーがダメになり、自動洗浄の機能が壊れてしまったらしい。あれこれ試してみたところ、水を止めるには毎回止水栓を閉めるか、便座のプラグを抜くしかないことが判明した。二択に見えるが、止水栓の開閉は母には難しいため、実質一択である。そして電源の入っていない温水洗浄便座は、信じられないくらい冷たい。毎回、「温水とは……」「洗浄とは……」「便座の冷たさで心臓発作を起こすかもしれない人生とは……」と思いつつ、氷のように冷たい便座に腰掛けてはため息をつく。

「なんかこういう地獄なかったっけ？」

あるよ、ある。今だよ。

第16回　あの世もこの世も元気が一番

三月某日

いつのまにかお彼岸も過ぎている。「明日は中日《ちゅうにち》だから父の好物のおはぎを買ってきて供えなくては」と思っていたはずが、気がついた時にはもうすべては終わっていた。それならそれでいっそ忘れたままの方が幸せなのに、必ず後で思い出すのは、一体どんなシステムか。

月命日も同じで、ちゃんとした「正解」の日に手を合わせたのは数えるほどである。毎月三日くらい前には「今月こそは大丈夫！」と私の中の孝行娘が雄叫《おたけ》びをあげるものの、娘はすぐに姿をくらまし、結局、月命日の二日後くらいに、「てへ！　今月もだめだった！」と照れくさそうに現れるのである。

私が特別薄情なのだろうか。しかし、同居している母も私以上に忘れている。そういえば生前の父も、自分の親の命日を気にかけていた素振りはなかった。確かめてはいないが、おそらく妹も忘れているであろう。思えば昔から、家族の記念日的なイベントにはあまり熱心ではない家だった。あれはお互い憎み合っているわけではなく、単に全員日にちを覚えていられなかったせいではないか。そういう家系なのだ。

それでもせっかく父のことを思い出したので、遅ればせながらおはぎを供えてみる。去年のように襖がカタカタ鳴ったり、ふいに父の匂いがしたりと、あの世からおはぎの催促感を出されても困るからだ。

「匂い」と遠慮がちに書いたものの、実際は「臭い」の文字を当てたい類《たぐい》の、なんともいえない独特の臭気である。亡くなる数ヶ月前から、父には強くその匂いが纏《まと》わりついていた。

「襖は鳴るし臭いし、ひょっとしてお父さん帰って来てるんじゃない？」

試しに父の好物のおはぎを供えたところ、不思議なことにカタカタはぴたりと止んだのである。お彼岸のリマインド機能としてはなかなか優秀であった。

あの日から一年、実はあれが本当に父だったらいいなと密《ひそ》かに思っている。今でもごくたまに妙な匂いを感じることがあり、それが以前の病を凝縮したような臭気から、父が外出時にいつもつけていた整髪料の香りへと変化しているからだ。

昔は「車の芳香剤かよ！」と陰口を叩《たた》いていた香りだが、今は父があの世で楽しんでいる証《あかし》のように思える。病気は消え、お気に入りの整髪料をつけて、自由にあの世とこの世を行き来しているなら、こんなに喜ばしいことはないだろう。なにしろ人は元気が一番なのだ。あまり明るい話題のないこの世界、せめて死んだ人くらいは元気でいてほしいものである。父も元気に死んでいてほしい。

三月某日

久しぶりにバスに乗る。コロナ禍の影響で減便が著しく、そのせいだろうか、コロナ前より混んでいて本末転倒感がすごい。外出の勘も鈍っており、降車時にタッチしたICカードが残高不足であった。「ピーッ」という警告音を耳にした途端、頭が真っ白になる。

な、鳴らしてしまった鳴らしてしまった鳴ってはいけないものを鳴らしてしまった。どどど、どうしたらいいんだ、と立ち尽くす私に運転手さんが声をかける。

「お客さん、今チャージしますか？」

「しますしますしますけど、さいふふふふはどどどどこ？」

　激しく動揺しながら、手は猛烈な勢いでバッグの中をまさぐっている。が、こういう時に限って手帳か何かの陰になって、なかなか財布にたどりつかないのだ。私のバッグってこんなに深かったっけ？　ひょっとして別の次元に繋《つな》がってるとか？　もしやこれドラえもんのポケット？　それならそれで助けてよ！　ドラえもーん！　と混乱は深まるばかりだ。挙げ句の果てに運転手さんに、

「大丈夫だから」

と慰められてしまった。よほど大丈夫じゃない様子だったのだろう。バス通学をしていた高校生の頃、降り際に両替するおばちゃんなどを見て、「今？　今それやります？」と苛《いら》ついたものだが、まさにそのおばちゃんに私はなっていた。ふと後ろを見ると十数人の渋滞ができておる。さらに気が遠くなり、その瞬間、私の心は遠くスエズ運河に飛ばされた。折しも彼《か》の地では、座礁した日本の船が運河を塞ぎ、船舶の渋滞が発

生しているという。船長はどんな気持ちだろう。生きた心地はしていないのではないか。「船長！　ああ船長！　私もあなたの万分の一のスケールではありますが、同じ地獄の中にいます！　どうか！　どうかご無事で！」

思わず心の中で叫びながら、なんとかチャージを終えて降車。死ぬかと思った。精神的に。

四月某日

先月の温水洗浄便座の故障以来、氷のように冷たい便座に腰を下ろす毎日が続いている。トイレのたびに天に向かい、

「これは一体何なのでしょう。なぜ私は温水洗浄便座という名の氷に尻をのせているのでしょう。これまでの私の人生に何か過ちがあったのでしょうか。親の月命日も忘れるような冷たい人間には、同じくらい冷たい便座がお似合いということでしょうか。天よ、この苦行はいつまで続くのですか？」

と苦悩していたのだが、本日ふいに、

「そりゃ便座を取り替えるまで続くに決まってますよ」

との啓示を得たので、すぐさま近所のホームセンターに走り、「店主！　この店で一

番お安い便座を出してくれたまえ！　一番お安いのを！」と新しい温水洗浄便座を購入してきた。啓示が遅すぎる。

四月某日

義弟がやって来て、購入した温水洗浄便座をあっという間に取り付けてくれた。説明書をふんふんと読み、付属の金具をなにやらカチャカチャしたら、もう出来上がっている。あまりの手際の良さにこの手の仕事をしていた経験があるのか尋ねると、

「まさかー。ないない」

と笑われてしまった。なるほど、世の中には初めての温水洗浄便座交換を易々《やすやす》とやり遂げる人もいれば、何百回乗ったかわからないバスで渋滞を作ってしまう人間もいるのだ。まったく人というのはさまざまなものであるなあと感慨にふけっている私をよそに、義弟は便座の取り付けを済ませると、ついでだからと車のタイヤとワイパーもささっと交換して帰って行った。ドラえもんかもしれない。

四月某日

早朝から訃報。今や「詐欺かセールスか親戚の不幸」しか伝えてこなくなってしまった固定電話が鳴り、案の定、父方の伯母が亡くなったという報せ《しら》を受ける。昭和一桁生まれ。大往生と言われる年齢であろうが、遠くに住み、もうずいぶん会っていないこともあって、なかなかピンとこない。

「そりゃおばあさんだよなあ」

とは思うものの、脳裏に浮かぶのは若い頃の明るくて働き者の伯母の姿ばかりである。いわゆる「本家の嫁」として、家業と家事とをバリバリこなしているような人だった。

そんな伯母が、一度だけ弱気な電話をかけてきたことがある。父方の親戚とは既に祝儀不祝儀の付き合いしかなくなっていた頃で、何事かと訝しむ母に向かって「もう自分は死ぬかもしれない」と告げたのだ。理由を尋ねると、

「何十年と漬けてきた梅干しを黴《か》びさせてしまった。こんなことは初めてだ。何かあるとしか思えない」

とのことであった。最初は冗談かと思った母も、伯母の真剣な声に笑うこともできず、かといって必要以上に深刻に捉えて不安を増幅させるわけにもいかずで、対応に窮した

挙げ句、

「大丈夫だよ。梅干しだって黴びたい時くらいあるって」

とわけのわからない慰めの言葉をかけたと言っていた。

あれから数十年。その間、伯母は生き、梅干しもおそらくは漬け続け、そしてこのたび亡くなった。人はどんなところにも死の影を見つけ、そして何があっても死ぬまでは生きるのである。コロナ禍で遠方の葬儀に出掛けることはできず、香典だけを送ることにした。

四月某日

朝、五時過ぎに母の部屋から私を呼ぶ異様な声が聞こえて飛び起きる。高齢者と同居経験のある方にはおわかりいただけると思うが、「寝ぼけた」から「心臓発作」まで一瞬にしてあらゆる可能性が走馬灯のように……というと私が死ぬことになって困るが、とにかく頭に浮かぶ。ドキドキしながらドアを開けると、母が布団もかけずにベッドに倒れ込んでいた。

「熱が……あるみたい……」

触ると確かに熱い。測ると三十九度近くあった。

「まさかコロナ？」

いや、母はほとんど外出しておらず、感染するとしたら私からだ。しかし、その私とて普段はずっと家にいる。バスに乗ったのだって三週間ほど前だ。母の感染リスクは極めて低いと思われるが、しかしマリア様も処女懐胎したというではないか。それなら母がコロナになってもなんら不思議はない……はずはないだろう。突然すぎて思考がまとまらない。そもそもコロナウイルス感染ではなくとも、年齢と持病を考えると面倒なことにならないとは限らないのだ。母をベッドに寝かせ、妹に連絡を入れる。「発熱した時はまずかかりつけ医へ」との市のアナウンスを信用して、かかりつけ医の診療開始を待とうかと思ったのだが、妹によると現在そこでは発熱患者は受け入れておらず、何のアドバイスも貰えないらしい。何だそれは。

結局、市の救急安心センターなるところへ電話をかけ、行動履歴や体温、息苦しさの有無、さらには味覚と嗅覚の異常などを、尋ねられるまま答えた。匂いについては何かで試してみてほしいと言われ、風呂場からシャンプーを持ってきて嗅がせるも、今思えばほかにもっと適切なものがあった気がしてならない。しかも、匂いは「よくわからん」とのことであり、それならばとトリートメントを取りに行きかけたが、そういうことではないのではないかと気づいたのは、まあよかった。

その後、発熱外来のある病院を教えてもらい、無事受診。問診からＰＣＲ検査は必要なしと判断され、別の検査を経て最終的に尿路感染症との診断が下ったのである。

幸い母はわりとすぐに回復したが、しかしもしこれが一人暮らしだったら、救急安心センターの存在を知らなかったら、コロナウイルスに感染していたら、と考えると恐ろしい。今までとは基本的な受診システム自体が変わってしまっているのだ。つくづく厄介な病気である。

第17回　楽しくて明るくてバカバカしい

四月某日

隕石のことを考えている。四月も下旬となって、北国にも遅い春が訪れてはいるが、それでも気温はまだまだ低い。ご近所の床暖房用室外機も、頑張って稼働していらっしゃる。暖かい時は休み、寒くなると張り切る仕様のため、冬のさなかはほぼ夜通しの活躍であった。最近はさすがに休憩を挟むようになったものの、それでも夜から朝にかけて数時間に一度、突如思い出したような頑張りを見せる。一度頑張るとなると、三十分ほどは頑張り続ける。どこで頑張るかというと、私の寝室の窓の下である。寝られたもんじゃない。

思えば突然の室外機設置から二度目の春である。以前も書いたが、入居前の試運転時で既に頑張りには気づいており、ハウスメーカー側に「あの頑張りもうちょっとどうにかならんもんですかね」と申し入れをしていたのだが、半年ほどかけて防振ゴムを取り付けて「また様子を知らせてくださいねー」と言った後は、梨のつぶてとなった。せっかく「うるさい」と知らせたのに、全無視である。まあ、とっくに家の引き渡しも済んだし、客でもないおばちゃんのクレームなどどうでもいいのであろう。そう考えると怒りがムラムラと湧き上がり、「もし宝くじで十億円が当たってもあんたのところでは絶対家は建てないからな！」と怒鳴り込みたくなるが、「そういうお話は当たってから」とあしらわれるのがオチだ。

ああ、無力だ。私は無力。思い浮かぶのは隕石のことばかりだ。あの室外機にピンポイントで隕石が当たり、我が家の敷地内に跳ね返る。それを売って大儲《おおもう》けするのが、今の私の唯一の希望だ。

「もしそうなってもあんたのところでは絶対家は建てないからな！」

「そういうお話は当たってから」

などと布団の中で悶々《もんもん》と考えていると眠れない。猫だけがくうくうと幸せそうに寝息を立てている。

四月某日

母と二人で猫の誕生日制定会議を開く。神社の境内にいるところを保護された猫が、我が家で暮らすようになったのが去年の八月である。以来、事あるごとに、「はなちゃん（猫）の誕生日はいつにする？」と、とりわけ母が気にしていた。保護時の様子から判断して、以前は誰かに飼われていたと思しき猫。それがなぜか野良となり、保護主さんたちの手を経て、我が家にやって来た。その波瀾万丈《はらんばんじょう》の猫生を、当初から母は不憫がっていたのだ。

「寂しかったねえ。でもちゃんと生きて偉かったねえ。優しい人間に会えてすごかったねえ」

と褒《ほ》め称《たた》えることに余念がなく、だからこそ誕生日を制定して、生まれ変わった気持ちで新しい猫生を楽しんでほしいのだという。

候補日は絞られている。

保護された日、トライアルとして初めて我が家へやって来た日、正式に譲渡となった日。

どれも新誕生日にふさわしいが、話し合いの結果、「本当のうちの猫」になった正式譲渡の日に決めた。八月十五日。ちょうどお盆で、死んだ父をはじめご

先祖様も皆帰って来ている頃だ。生きている人にも死んだ人にも祝ってもらえる、とてもいい日だと思う。

四月某日

ゴールデンウィークを前に隣の市に巨大スーパーが開店するらしく、地元放送局がこぞって情報番組で取り上げている。広くて明るくて広くて楽しくて広くて便利でとにかく広いらしい。それはそれで素晴らしいのだが、にっこにこでお店を紹介したのと同じ口で、「新型コロナウイルスの感染者が増加しているため、不要不急の外出を控え、札幌市とその他の地域の往来は自粛するように」とのニュースも読み上げていて、いよいよもって世の中の混乱がひどい。その混乱を隠しきれなくなってきているあたりもひどい。

四月某日

夜、部屋で仕事をしていると、ドンッという奇妙な衝撃を感じた。突き上げるようなというか、壁が揺れるようなというか、なんとも表現しがたい感覚だ。一番近いのは、昔、家のシャッターに車が軽く突っ込んだ時の衝撃だが、もちろん今回はそんな事実はない。数年前、市内の不動産仲介業者の店舗がスプレー缶により大爆発した際も、今まで聞いたことのない種類の音が響いたが、それとも少し違う。あの時は冬で、屋根の雪でも落ちたかと外まで見に行った。しかし何の異常もなく、まさか数キロ離れた建物が吹き飛んだなどとは思いもしない私は、「気のせいかなあ、気のせいにしてははっきり聞こえたなあ」とSNSで検索、徐々に事故の全貌が明らかになったのである。

ところが今回は検索しても、なぜか原因がはっきりしない。音が聞こえた人、聞こえはしないが家が揺れた人、何も揺れないが窓がガタガタ鳴った人、音も振動も何も感じなかった人。言っていることが皆バラバラなのだ。小説などでは、こういった小さな違和感はタイムスリップのきっかけになることが多い。主人公が「さっきのあれは何だったんだ？」と訝しんだ時には、既に今までとは別の世界にいるのである。ひょっとしてこれもそうなのだろうか。恐る恐るテレビをつけてみる。見たことも聞いたこともない世界が広がっているかもと身構えたが、画

面には見慣れた芸能人たちが映るばかりだ。まあ、今更この歳で平安時代に暮らせと言われても困るのでよかったものの、それじゃああの衝撃は何だったのだという話に戻るのである。

しつこくネットを探っているうち、一人、「家に車が突っ込んだ時みたいな衝撃」と書いている人がいて、思わず「でーすーよーねー！」と笑ってしまう。もうそれでいいような気がしてきた。

四月某日

昨日の謎の衝撃について、隕石説が浮上していると知って震えている。私が呼び寄せたに違いないからだ。夜ごと念じた隕石衝突が現実となり、例の室外機めがけて降ってきたと考えると辻褄《つじつま》があう。怖い。思念を形にするおのれの能力も怖いし、なにより隕石が的を外しているところが怖い。自分でも制御不能の力ということだからだ。暴走する前に、この力は封印すべきだろうか。

五月某日

最近、近所のことがよくわからなくなっている。ここ数年で世代交代が急激に進み、古いお宅が取り壊されて土地が分譲されたり、中古住宅としてそのまま売りに出されたりで住人の顔ぶれがだいぶ変わってしまったのだ。気がつけば知らないお姉さんがすぐ近くに住んで、天気のいい日にはベランダでウクレレか何かを奏でながら歌を歌っていたりする。

ええ、歌を。ベランダで。

今日もお昼前からご機嫌な歌声が延々流れてくる。

途中、

「こんにちはー！」

「お久しぶりー！」

と挨拶を挟むのは、生配信的なことをしているのかもしれない。いやもうなんというか不思議な時代になったものだ。ちなみに今彼女が住んでいる一戸建ては、かつて生ゴミを窓から捨てるおばあさんが住んでいた。

ええ、生ゴミを。窓から。

冬は真っ白な雪の上に、点在する生ゴミがよく映

えていた。ただ、カラスや臭いの問題がほとんど発生しなかったところをみると、何か肥料的な意味合いがあったのかもしれない。そういえば我が家の敷地内には、植えた覚えのまったくないウドや三つ葉が自生しており、何か関連性を感じなくもないが、真相を確かめる前におばあさんの姿は見えなくなってしまった。それからすぐに家は売りに出され、ほどなく子供のいる若い一家が買い、しかしなぜか数年で賃貸として貸し出され、今は弾き語りのお姉さんが住んでいる。彼女もまさか自分が歌っているベランダの下に、生ゴミが撒かれていたなどとは想像もしていないであろう。

いずれにせよ、皆、自由だ。羨ましいかぎりである。

五月某日

友人が亡くなったとの報せが届く。かつて担当編集者として私の初めての週刊誌連載をサポートし、二冊の本としてまとめてくれた恩人でもある。病気がわかったのが十三年前。治療のために一時は連載担当を外れたが、「キミコさんの本は絶対私が作りますよ！　必ず戻ってくるから待っててくださいね！」との言葉どおり、本当に一年ほどで仕事に復帰し、再び担当者として本の編集を引き受けてくれたのだ。

「病人なんですからね、いたわってくださいよー」

そう言いながら、にこにこ笑う彼女とずいぶんお酒を飲んだ。東京と札幌をお互い行き来して、相撲見物や温泉にも出掛けた。仕事をした期間より、その後の付き合いの方がずっと長くて濃厚だったように思える。

報せの電話を切っても、なんだかまったく実感が湧かない。長く闘病していたので、いずれはこんな日が来ると思っていたのかというと、そんなことは全然なく。ではいつか完治して百歳まで生きると信じていたかというと、そういうことでもない。ただ彼女は彼女のままで、ずっとそこにいる気がしていたのだ。ここ何週間かはＬＩＮＥの既読がつかなくて心配だったとか、数年前から身体のあちこちに少しずつ不調が出て、何度か来札の約束もキャンセルしたとか、そういったことも確かにあったはずなのに、それでも彼女がいなくなるとは思わなかった。

思い出すのは、どうでもいいことばかりだ。いつだったか、東京のホテルで夜中にルームサービスのおにぎりを頼み、「人生で一番値段の高いおにぎり」としてゲラゲラ笑いながら捧《ささ》げ持って食べたこと。北海道の人気《ひとけ》のない岩風呂に、真夜中ビクビク

しながら二人で入ったこと。怖さに耐えられなくなった彼女が、突然「誰かいますかー！」と暗闇に向かって叫んだこと。それを聞いた私がさらにビビり、「返事があったらどうすんだよ！　よけい怖いだろ！」と裸で喧嘩したこと。彼女との思い出はいつだって楽しくて明るくて底抜けにバカバカしい。何でこんな日が来てしまったのか。

五月某日

テレビのリモコンを踏んだ猫が前足で音量ボタンを押し、どんどん大きくなる音に驚いて固まっていた。際限なくボリュームは上がり続け、最後は家ごと爆発するかと思った。開け放した窓から爆音で夜のニュースが流れ出る。冬には寝室の窓の下で一晩中働く室外機、天気のいい日にはベランダで弾き語るお姉さん、そこへもってきて夜の静寂を破って響く我が家のテレビニュース。このあたりの自由度は上がるばかりだ。

第18回　始めないから終わらない

五月某日

茶の間の掃き出し窓の鍵が、十数年ぶりに機能するようになった。西日が暴力的に差し込む大きな窓で、その大きさ故か窓全体が歪んでしまい、もう長いこと施錠が不可能になっていたのだ。歪みは窓枠とガラス戸の間に隙間を生み、それが年月とともに徐々に広がる。最近では最大三センチほどに成長していた。

当然、隙間風もすごい。普段はソファとカーテンを風除け兼目隠しにしているものの、たまに様子を窺《うかが》うと、「家にいながらにして新鮮な外気を感じられる」パワースポットが出現していた。そのパワーを抑えようと隙間テープを導入したがお話にならず、ガムテープも追加、それらを悪霊を封じる御札《おふだ》のようにべたべたと重ね貼りした結果、見るだけで貧乏が胸に迫ってとても悲しくなるという、新たな心霊スポットが完成してしまった。

もちろん防犯面もガバガバである。なにしろ無施錠なのである。まあ、茶の間が二階にあることと、大きな古い窓なので開閉に力が必要なこと、さらには開けるたびに謎の怪鳥の鳴き声のような「きゅるきゅるきゅるきゅる」という、とんでもない異音を発生させることをもって「防犯」と捉えるようにはしていた。

そんな風に過ごすこと十数年。最近になってさらにパワーアップし、二重サッシの内窓と外窓の間にみっしり雪が積もるようになってしまったのである。内窓と外窓の隙間の箇所がずれているので、かろうじて室内に吹き込むことはなかったが、二重じゃなければ、完全に室内積雪である。さすがにまずい気がした。今の家にこのまま住むか、リフォームするか、土地ごと売ってどこかへ引っ越すか、いや、いずれにしても一階に放置されている父の会社はどうするよ、との問題が解決しないまま、「今更窓だけ直してもなあ」と先延ばしにしていた結果がこれである。自宅で吹雪に遭遇する危険すら迫っていたのだ。

というわけで、知り合いの業者さんにようやく依頼。恐れていた「窓ではなく家の問題ですね。家が傾いています。近々倒れるでしょう」との宣告もなく、本日、無事に修理が執り行われたのである。作業はものの数十分。御札がバリバリと剥がされ、あっという間に我が家に隙間のない窓が現れた。いやあ、いいですねえ、窓。怪鳥も南の島にでも帰ったのか静かになったし、なにしろ鍵が掛かる。パワースポットも心霊スポットも消滅したが、それも文明社会に近づいた証であろう。防犯対策も万全である。

五月某日

窓を直した勢いで「放置されている父の会社」問題に立ち向かうつもりが、倉庫のシャッターを開けたとたん目の前に広がる光景に絶望する。

「どうすんの、これ」

ずらりと並んだ棚に、これでもかと積まれた品物。雰囲気としてはホームセンターの倉庫をぎゅっと小さくしたところに、こまごました物を大量に詰め込み、さらに満遍なく埃《ほこり》をかぶせた感じである。見れば見るほど気力が失《う》せる。一体誰がこれをすべて取り出して分別して処分するのか。もしや私か。何でだ。生前、「あんたたちに迷惑かけないようにしてあるから」とあれだけ言っていたのだから、父が生き返ってやるべきではないのか。人間、死んだ気になれば生き返ることくらいできるのではないか。

というようなことをずっと考えている。そろそろ本当にどうにかしなければなるまい。

父が亡くなって今年の秋で三年である。人の住まない家は傷むとよく言うが、人の働いていない会社も本当に古びていく。父の死後すぐは、ここに「父」というピースが嵌《は》まれば何もかもが元通り動き出す気がしたが、今はもうそんな気配すらない。「生気」と呼ばれるものがきれいさっぱり消え失せてしまったのだ。

奥の事務所も荒れ果てている。まあ、面倒になって土足でドスドス歩くようになったのも原因だが、さながら廃墟である。昭和時代からの大量の書類が散乱し、それを処分するためのシュレッダーは既に二台壊れ、「次は私が買うわ」と言った妹は未だ買ってくれず、私自身もシュレッダーばかり三台も購入する気力はなく、事業用のゴミ袋は「たっか!」と声の出るお値段で、机やロッカーなどの大物の処分もしなければならない。おまけに、あちこちから干からびた梅干しパックが出現する。「梅干しを食べれば病気をしない」と信じていた父の仕業だろうが、それなら食べきればいいのに全部が中途半端な食べかけだ。

この三年、何度も同じことを愚痴り、そして何度も同じ結論に達する。

「どこからどう考えても素人では無理」

今日もそれを確認して、そっとシャッターを閉めたのだった。

五月某日

弁護士事務所へ予約を入れる。父が亡くなった時に、「とりあえずしばらくは会社の在庫には手をつけないように」とのアドバイスを貰っていたのだが、三年近く経って「まだ『しばらく』でしょうか」という様子伺いである。ところが電話をしてみると、以前お世話になった弁護士さんが独立されたとのことで、新しい事務所を訪ねることになった。なるほど三年経てば、生まれた子は話をするようになるし、寝太郎は働き出すし、若い弁護士さんは独立するのだ。一方の私は「キミコ、墓を買う。」という連載を始めていながら、未だ石材店すら決めていない体たらくである。一体どうするつもりなのか。

五月某日

弁護士事務所へ向かう。「駐車場あり」とのこと

だったので車で行ったところ、それは私の求める駐車場ではなかった。来客用のスペースに停めるようにとのことであったが、後ろにものすごくお高そうなピカピカのお車、左にさらにお高そうなピカピカのお車、右には太い柱と街路樹、という四面楚歌《しめんそか》的な状態であることが判明したのだ。しかも駐車スペースが、北海道とは思えないくらい狭い。私は自分の運転技術のなさに、絶対的な自信を持っている。その自信が囁《ささや》いた。

「無理です」

できれば一度家に帰り、地下鉄とタクシーを乗り継いで出直したい。切にそう願ったものの、残念ながらそんな時間はないのだ。「ぶつけるなら柱一択」と唱えながら、勇気を振り絞っての駐車になんとか成功したのである。

ただ、それですべての力を使い果たしてしまい、弁護士さんには現在の在庫状況すらうまく伝えられなかった。スマホで撮った画像を示そうとして、延々猫の写真を見せてしまったのである。スワイプしてもスワイプしても猫。あるはずの在庫画像が、全然出てこない。

「あれ？　猫ですね」

「これも猫ですね」

「また猫ですね」

「これもこれも猫ですね」

「すみません、全部猫です」
と最後は謝った。とても疲れた。

五月某日

母の新型コロナウイルスワクチン接種（一回目）に付き添う。予約が取れないとの噂《うわさ》だったが、かかりつけのクリニックであっさり接種が可能になった。「子供の頃からくじ運はいい」という母の言葉は本当かもしれない。

接種は滞りなく終了。驚いたのはその後で、なんと母以外の人たちは誰一人として十五分待つことなく次々帰って行くではないですか。

「あの、待機は……？」

と声をかける間もなく、流れるように外に出て行く。皆、高齢者である。もし帰宅途中に具合が悪くなったらどうするのだろうと、他人事ながら気が気ではない。仕方がないので、帰り道、お年寄りがバ

タバタ道に倒れていたら、片っ端から助けようと心に決める。私にできることはそれくらいなのだ。

六月某日

夜半から強い風が吹き始める。ごうごうと音もすごいが、家の揺れもすごい。まるで地震のようだ。布団には入ってみたが、眠れそうにない。怖いのか興奮しているのか、猫も落ち着かずにうろうろしている。夜中の二時過ぎには、市の防災アプリの通知がけたたましく鳴った。暴風警報が発令されたのだ。家の揺れはますます激しくなっている。倒壊したらどうしようと心配になるほどだ。

以前はこんな時に思い浮かべる一軒の家があった。近所の古い木造の空き家である。家全体が傾いており、お相撲さんなら一人で解体できそうなほど脆《もろ》く見えた。私は大風が吹くたびに、「あそこが大丈夫なんだからうちもきっと大丈夫」と密かに自分を励ましていたのだ。

ところが、その空き家も先日ついに取り壊され、今は跡形もなくなってしまった。私もこの家も、長年の心の支えを失ったのである。孤独だった。孤独なまま風に吹かれ、そして気づいた。私とこの家は、ついに頂点に立ってしまったのだと。件の空き家なき今、我が家こそが「あの家が大丈夫なんだからうちも」と、誰かの支えになる時が来たのである。今日の大風はそのための試練なのだ。なんとしても無事に乗り切りたい。

六月某日

仕事をしていた夜の十一時、突然インターホンが鳴った。一瞬、聞き間違いかなと思ったが、猫も耳をピンと立てて玄関の方を見ている。やはり誰かが訪ねてきたのだ。母はとっくに寝ており、家の中はしんとしている。薄暗い廊下をそろそろと玄関方面へ向かいながら、さまざまな可能性が頭に浮かんだ。いたずらか、何かの間違いか、あるいは本当の知り合いか。ただ、それを判断する術がない。我が家のインターホンにはカメラ機能が備わっておらず、直接会話をする以外、相手が誰であるか確認も記録もできないのだ。

「怖いし、やっぱり無視しよう」

玄関は二階にあり、インターホンは階段下だ。応

答がなければそのまま帰るだろうと思ったのだが、予想に反して誰かが階段を上る気配がする。やがて引き戸越しに人影が見えた。人影は屈《かが》むようにして、玄関前でごそごそと何かを始めた。

「誰？」

と訊いて事態をややこしくする勇気はない。恐ろしさのあまり、動くこともできず、息を殺して見つめているうちに相手の動きがふと止まった。おそらく向こうからも私のシルエットが見えたのだろう。つかの間、顔を上げ、そのまま階段を下りて行ったのである。翌朝、

「この店で一番安いカメラ付きインターホンをくれい！」

とホームセンターに駆け込むも、一番安いものには録画機能がないと知り、

「この店で二番目に安いカメラ付きインターホンをくれい！」

と指示を変更して購入。その日のうちに義弟に取り付けてもらった。夜、暗い照明の下でカメラに映る妹が母そっくりで腰が抜けそうになったが、それはそれとして今度こそ防犯も万全である。

第19回　すべてのミスがなくなりますように

六月某日

朝起きると、廊下に点々と猫のおもちゃが落ちている。宵っ張りの猫が「まだ遊びたいのよ！」と、夜中に茶の間から寝室に運び込もうとして、途中で力尽きたものだ。不思議なのは、一度落としたおもちゃは決して拾わず、必ず別のものを新たに茶の間から運び直すことである。かなり効率が悪く疲れる手法だと思うが、何か猫なりのこだわりがあるのかもしれない。当然、成功率も低く、結果として我が家の廊下には、猫のおもちゃが点在しがちなのである。

それを毎朝のように回収するところから、私の一日が始まる。人生には自分のことではないのにやらなければならないことが多々あるとして、猫のおもちゃ拾いはその中でもかなり幸福度の高い任務といえよう。ああ、ここで疲れちゃったんだな、お気に入りの「イチゴちゃん」まで持ってこようとしたんだな、夜通し私と遊びたかったんだな、遊ばないけどな。と、健気《けなげ》さとかわいさと切なさと愛《いと》しさで胸がいっぱいになるのだ。

それに引き換え、同じ「自分のことではないのにやらなければならないこと」でも、父の会社の後始末は幸福度はゼロである。もうすぐ父が死んで三年になるが、未だ「何で私が」という感想以外出てこない。往生際が悪いと言われようとも、「私じゃなくてもいいのでは?」「いつのまにか片付いているのでは?」との希望は捨てずにいた。人は希望とともに生きるものなのである。

とはいえ、まあ三年である。三年経って何一つ動かないのだから、やはり私がやらねばならないのだろう。以前、「在庫についてはしばらくそのままで」とアドバイスをくれた弁護士さんに確認すると、どうやら「しばらく」の年季も明けたようであった。明けちゃったか。

そんなわけで先日、重い腰を上げて三軒の業者に見積りをお願いした。それぞれ別日に来てくれたのだが、倉庫の中に入ると皆一様に足を止め、

「いやあ……これは……」

と申し合わせたように絶句したのが面白かった。嘘。全然面白くなかった。むしろ怖かった。とにかく全員「見当がつかない」と言う。在庫のほとんどが金属であるが、一つ一つの重量が軽く、小さく、大量で、しかも細かな材質が異なり、おまけに箱やビニ

ールに包まれている。分別の人件費だけでも大変なのは、私でもわかった。中には倉庫内を見渡しながら、

「これ、どうするんですか？」

　と思わず呟く人もいて、

「それを今訊いているのです……」

　と答えたりもしたのである。

　その見積書が今日、ついに出揃った。三通を恐る恐る見比べると、これまた申し合わせたようにお高い。しかもあくまでも見積りであるから、作業を進めていくうちに、さらに費用が嵩《かさ》む可能性も高いという。オリンピックかよ。

「これ中古車くらい買えるよね？」

　と友人に愚痴ると、

「まあ中古車もピンキリだからどうかなあ。でもお墓の費用も加えると新車もいけるかも」

　と忘れていたお墓のことまで親切に思い出させてくれたのだった。ああ、猫のおもちゃだけを拾って

生きていきたい。

六月某日

母の新型コロナウイルスワクチン接種の日（二回目）。一回目の副反応は筋肉痛と軽い食欲不振だけだったが、二回目の方がひどくなるとの噂なので、スポーツドリンクやアイスや保冷剤など、発熱に備えた準備をする。「よし、いつでも来い」「いや、やっぱり来ないで」と揺れ動く気持ちでいたが、幸い元気なまま夜を迎えた。若い人の方が副反応が強いと知った本人は、

「私もだてに歳をとっていないから」

と誇りつつ、いつもどおりに寝てしまった。なんとなく空振りの気分で、母のために用意したアイスを全部食べる。甘いもので先日の見積書の傷を癒やしたい。

六月某日

父の会社の片付けが始まった。朝から何人もの人が出入りする気配がする。話し声や笑い声、車のエンジン音、パイプか何かを倒す金属音。一つ一つが思いのほか懐かしく

耳に響いて、自分でも驚いてしまう。まだ父が元気でバリバリ働いていた頃は、毎日こんな物音を耳にしていたのだ。それが年とともに少しずつ静かになり、最後には人がいるのかいないのかもわからない状態になってしまった。あれはあれで寂しいものだったと感慨にふけっていると、

「いやあ、しかしめちゃくちゃだなあ、ここ！」

と作業員の人の率直な感想が聞こえてきて、現実に引き戻された。やっぱりめちゃくちゃですか。私もそう思っていたのですよ。どうもすみません。

六月某日

亡くなった友人の夢を見る。多くの約束を果たせないまま、先月、ふいに逝ってしまった友人である。夢の中で彼女は、「誰にもお別れを言えなかったから」と大勢の人を招いてパーティを開いていた。何十人もの人が、賑やかにテーブルを囲んでおり、忙しそうに立ち働く彼女はずっと笑顔である。私もにこにこして

いたが、目が覚めると急に悲しくなった。せめてもう一度くらい会いたかったが、実際会ったとしてもやっぱり後悔はあるのだろう。人がいなくなるとは、そういうことなのだ。

六月某日

コープの宅配を利用するようになってから十数年、数々の注文ミスをやらかしてきた。定食屋でも始めるのかというくらいの冷凍エビフライやケチャップを注文したこともあれば、「一粒数百円」みたいな高級梅干しが届いたこともある。あまりにミスをするので最近はアプリを導入し、スマホからの注文に切り替えた。その方が間違いが少なくなると聞いたのだ。しかし、実際はアプリごときで私のうっかりが治るわけもなく、未だ細かな注文ミスを繰り返している。今日も頼んでもいない（というか気持ちとしては頼んでいないが、システム上は頼んでいた）梅が一キロ、当たり前の顔をしてやって来た。今度は梅干しではなく、青梅である。

「梅の季節ですねー！」

と配達の人はご機嫌だったが、そんなことで季節を感じるような繊細さは持ち合わせていない私は、心底驚いた。できれば返品したい。ただ過去の経験上、食料品の返品は不可であることはよく知っている。

「だめですよね……」

と配達の人に念のために訊いてみたが、

「残念ながら……」

と笑顔から一転、完全にお悔やみの表情で言われてしまった。彼の「梅酒にしたらどうですか？」とのアドバイスに逆らう気力もなく、そうすることにする。まずは、容器と材料を揃えるところからだ。買い物に出ようとする私に母が、

「羆《ひぐま》に気をつけてよ」

と斬新な声のかけ方をする。今日の未明から市内の住宅街に突如羆が現れて、大騒動になっていたのだ。山も何もない、ごく普通の住宅街を羆がのし歩く映像は衝撃的であった。背後から人に襲いかかる場面もあり、ドリフ以来の本気の「後ろ後ろー！」が出た。だいぶ前にラジオで「人を怖がらないニュータイプの羆が増えている。これからどんどん人里に下りて行く」と聞いたのが心に残っているが、あの話は本当だったのだと改めて思う。

羆に気をつけて買い物を終え、早速梅酒作りに取

り掛かる。梅のヘタを取り、洗い、一つ一つきれいに拭き……というあたりで既にうんざりしているが、頑張って容器を熱湯消毒し、グーグル先生のおっしゃるとおりの割合で、氷砂糖とホワイトリカーを注ぎ入れる。そして暗いところでたっぷり寝かせるのだ。

梅酒を「ベッド」と名付けた。注文を間違えるたびに、「コープの宅配でお雑煮用の丼鉢を注文したら巨大なベッドが届いた」という伯母の話を思い出すからだ。そんなはずはないと思うが「返品を断られた」らしく、かといって伯母の家で使うには大きすぎて寝室に搬入すらできず、そこから親子喧嘩などが勃発し、引き取り手を見つけるまで家庭内の雰囲気は非常に険悪なものになったと聞いている。そりゃそうだろう。これで険悪な雰囲気にならない家庭などない。

「私が頼んだのはベッドではなく丼鉢です」

たとえ日本語のテキストに載っていたとしても、「そんな台詞、一生使わないだろう」と鼻で笑われそうなことを、あちこちで口にしなければならなかった伯母も本当に気の毒である。

すべての家庭から、コープの注文ミスによる不幸がなくなりますように。

そう願いを込めて、「ベッド」をシンクの下に入れた。美味しい梅酒になるといい。

やれやれと一息ついたところで、なにげなくネットニュースを見ると、罷と同じ頃に全裸男も市内に出没していたことを知った。全裸男は当然全裸だが、マスクだけは着けていたらしい。時代である。というか大丈夫か、札幌。

六月某日

午後、窓工事の職人さんがやって来る。ご近所の暖房用室外機が私の寝室のそばに設置された件で、二重サッシの内窓を遮音性の高いものに替えてもらうことにしたのだ。「何で私が」と思うも、実際に騒音で困っているのは私なので仕方がない。本当に理不尽である。しかもいよいよ取り付けの段になって、職人さんから、

「あれ、寸法が違う……？」

という恐ろしい呟きが漏れ出た。どうやら事前の採寸ミスらしい。先日、採寸に訪れた気の良さそうなお兄さんの顔が浮かぶ。職人さんが帰った後、梅酒の「ベッド」に「世の中のすべてのミスがなくなりますように」「あの気の良さそうなお兄さんが叱られませんように」と祈った。まあ、叱られるだろうけど。

六月某日

三年近くグズグズしていた父の会社の片付けが、プロの手によりあっという間（といっても二週間ほど）に終わった。あれほど「めちゃくちゃ」だった倉庫内は大量の在庫がすべて運び出され、空っぽの棚だけが並んでいる。「がらんどう」という言葉が頭に浮かぶ。本当に何もなくなってしまった。

がらんどうの真ん中に立って、あたりを見回す。意外なほど広く、天井も高い。薄暗く殺風景な景色を、まだ若かった父が希望に胸を膨らませて眺めた時があったのだと思うと、時の流れの残酷さと人の世の儚《はかな》さが胸に迫る。父が最後にここへ来たのは亡くなる数日前で、車椅子に座ったまま大きく首を回して、あたりをぐるりと見回した。あの時の、自分ではもうどうしようもない、「めちゃくちゃ」の景色は父の目にどう映ったのだろう。

妹に「さっぱりしたから見に来る?」と声をかけたが、「寂しいから嫌だ」と断られてしまった。そうか、寂しいか。でも大丈夫。事務所の方はまだめちゃくちゃである。

第20回　冬のことばかり考えている

七月某日

　気がつけば北海道の緊急事態宣言が解除されていた。あまりに自粛生活に慣れすぎて、「とりあえず家にいればいいんでしょ」という姿勢で生活しているため、緊急事態の緊急性が薄れてなんだかどうでもよくなっている。いやもう本当に呆《あき》れるほどずっと家にいる。当然、話し相手は母と猫だけである。しかも猫に話しかける時はもちろん、母との会話も猫を眺めながら、

「うちの子、ほんとにめんこちゃんでちゅよねー」

「そうでちゅよねー」

　ということになりがちなので、一日の大半を猫なで声の赤ちゃん言葉で過ごすという事態が発生して久しい。このままでは他人とのまともなコミュニケーションがとれなく

なり、我が家も「赤ちゃん婆《ばばあ》の館」とかなんとか呼ばれて世間様から白い目で見られるのでは……との不安に苛まれつつあった今日、とうとう配達のヤクルトさんに、

「ヤクルトレディの皆さんはやっぱり全員ヤクルト飲んでるんでちゅか?」

と声をかけてしまった。たまにはよその人と世間話でも、と試みた結果がこれである。一瞬、真顔になったヤクルトさんを見て、世界が崩れ落ちるような音が(脳内で)聞こえた気がしたが、必死で平静を装う。ヤクルトさんもさすがの営業力ですぐに笑顔に戻ってくれ、何食わぬ顔で会話を続けた。

「飲んでるんでちゅか」

「飲んでるんでちゅよ」

とはならなかったが、やはりほぼ全員ヤクルトを摂取しているらしい。それでこそである。ただ、明後日あたり我が家に「赤ちゃん婆の館」との評判が立つかもしれないとの覚悟は一応しておいた。

七月某日

今や詐欺とセールスと親戚の訃報しか知らせてこなくなった固定電話が鳴り、やたらと大きな声の女の人に、

「あら、ずいぶんお元気そうな声ですねー。おいくつですかー？」

といきなり訊かれた。「あなたこそー！」と反射的に答えそうになるのをかろうじてこらえる。そもそも私を何歳と判断しての質問なのだろう。ひょっとして高齢の母が対応する前提の電話なのだろうか。母の個人情報が漏れているのだろうか。でもそんなに簡単に漏れるものだろうか。いや漏れるだろうよ。めちゃくちゃ高額な布団打ち直しや怪しげな掛け軸で延々ローン組まされた過去があるだろうよ。あの後わけのわからないセールス電話がひっきりなしにかかってきたのだから、この電話番号と紐《ひも》づけされた「鴨リスト」に母の情報が載っていてもなんら不思議ではないだろうよ。むしろ載せない道理がないだろうよ。などとぐるぐると考えていると、

「奥さん、おいくつですかー？」

と再び大声で尋ねられる。思わず、

「どうして見ず知らずのあなたに歳を教えなきゃならないんですかー！」

と言って電話を切ってしまった。

「百歳ですう！」

とか言ってやればよかった。

それにしても久しぶりに誰かの大きな声を聞いた気がする。コロナ禍で皆小声になったというか、喧噪《けんそう》というものから遠ざかってしまったのだとしみじみ感じる。最後に大声を耳にしたのはいつだろうと考えると、先月、スーパーのＡＴＭコーナーで現金を下ろしているおばあさんに向かって、もう一人のおばあさんが、

「大丈夫ー？　番号わかるかーい？　××××だよー！　間違えないでよー！　××××だからねー！」

と列の後ろから暗証番号をフロア中に響き渡る声で繰り返し叫んでいた時だ。

高齢化社会に生きる実感が湧く日々である。

七月某日

寝室の窓工事の日。本当だったら工事は既に終了しているはずだったが、まず窓の採寸ミスが発覚して工事が日延べされ、そのやり直し工事で引き違い窓の重なり部分にズレが生じたことが判明、再びのやり直しとなったため、本日三度目にしてようやく内窓

の交換が完了したのである。これで静かな夜と十分な睡眠を取り戻すことができ、「家を建てる時によその家の寝室のそばに室外機を三台並べるような大人には絶対ならないぞー！」と、家を建てる予定もないのに毎晩月に誓う暮らしとは手を切ることができる。うきうきしながら早速、窓を閉め切って効果を確かめてみる。と言いたいところだが、ご近所室外機は暖房用のため、今の季節はただ静かに眠っているだけだ。仕方がないので工事の人たちに、

「あれが問題のブツです」

と窓の下の室外機を披露し、口々に、

「ああ、これはうるさいわ」

と認めてもらって満足した。満足している場合ではない気もするが、せめて満足くらいさせてくれとも思う。

七月某日

昨日取り付けてもらったなんとかいうガラスについて、防寒効果は高いものの防音効果はそれほどで

もないとのネットの記事を見つけてしまい、震えながらブラウザを閉じる。私は何も見なかった。見なかったものは存在しないのだ。

七月某日

ちょっと奥様、聞きました？　灯油がまた値上げですってよ。と灯油販売業者からのお知らせを手に母に報告。今年に入って既に四度目の値上げで、この半年余りで一リットルあたり二十円近くお高くなった計算になる。

「ということはうちの灯油タンクを満タンにするたびに、去年より一万円近くよけいにかかるということですわよ、奥様！」

「んまーっ！　なんてこと！」

冬の間、灯油タンクが空にならないように、三週か四週に一度の割合で業者が給油に来てくれるので、これはなかなかの痛手である。しかも冬に向けてさらに価格は上がるらしい。新型コロナウイルスのワクチン接種が進んでいることもあり、世界経済がアレしてソレして原油価格が高騰しているのだそうだ。理屈はわからんでもないが、わかったからといって「オーケー！　まかせて！」という気にはならないのがつらいところだ。

ご近所の室外機のことといい、灯油のことといい、冬のことばかり考えるのが嫌になって、夕方、少し外に出てみる。日は長く、暑くはないが寒くもなく、空気は来るべき夏の気配に満ちていて、とても気持ちがいい。一気にテンションが上がり、ぼうぼうに生い茂った我が家の荒れ地の雑草などを抜いてみる。植えた覚えのないウドや三つ葉も好き放題に繁茂している荒れ地であるが、その三つ葉に小さな白い花がいくつも咲いていた。可憐《かれん》でとてもかわいらしい花である。それを愛でながら、

「おまえたちも今はこんなに無造作に生えているくせに、年末にはとんでもないお正月価格になってスーパーに並ぶとはね」

と、また冬のことを考えてしまった。

七月某日

暑くはないが寒くもなく、などと呑気なことを言っていたのもつかの間、天気予報によると今後は連日真夏日が続くらしい。未だ冬布団を掛けて閉め切った部屋で寝ている母が、このままでは夜の間に蒸しあがって死んでしまうのではとの危機感から、母の部屋の衣替えに取り掛かる。寝具を夏物に替え、

布団を干し、シーツやカバーなどの大物を洗い、その勢いでマットレスと底板を外してベッド下に掃除機をかけ、ついでに衣類も夏物と冬物を入れ替えた。ベッド下にはなぜか大量の爪楊枝《つまようじ》がばら撒かれていて、何か事件の匂い、もしくは五重塔的な昭和の爪楊枝アートの気配を感じるが、あれこれ説明されても面倒くさいので黙って全部捨てた。

私が掃除をしている間、母には茶の間でテレビを観ていてもらう。今まで私が片付けなどをしようとすると、

「自分でやるから！」

とすぐにキレていた母だが、そしていつまで経ってもやらなかった母でもあるが、最近は素直に任せてくれるようになった。自分でやるには体力的にキツくなったのだろう。無駄な親子喧嘩が減って楽な反面、それはそれでどことなく寂しいような気もする。が、春に大掃除した時には、びっくりするような芸術的たこ足配線が施された電源タップの上にジュースをこぼしたと思しきべとべとの跡があり、まさに「日常は死と隣り合わせ」といった状況であったことを考えると、寂しいなどと感傷に浸っている場合ではないのも事実だ。

今回は、日頃、

「お母さんなんてほとんど間食しないのにどうして血糖値高めって言われるんだろうねえ」

と不思議がっている母のクローゼットの中から、お菓子の空き袋やジュースの空き缶などが大量に発見され、それらと血糖値の関係について警察では慎重に捜査を進めている。

七月某日

天気予報が当たり、連日真夏日が続いている。温暖化なんて嘘だとか、いやいや本当に深刻だとかいろいろ言われているが、北海道に関していえばここ数十年、本当に気温が高くなったと思う。昔は二十五度を超えれば「とても暑い、夏らしい日」として、人々は唇を紫にしながら、海やプールに震えながら浸《つ》かったものである。まあ、それもどうかと思うが。

窓を開けて過ごしているので、ベランダで弾き語りをするご近所さんの歌声が連日のように聞こえる。動画配信をしていると思しき彼女は、最近では歌だけでなく、何かを朗読しているような声もして、そ

れが自作のポエム的な何かだったらと思うと逆にきちんと聴いてみたくてたまらなくなる。歌はもういい。でもポエムは聴きたい。我ながら悪趣味だと思うが、聴きたくもない歌を毎日のように聴かされているのだから、大目に見てほしいところである。そして彼女におかれましては、ぜひアカウントを教えてほしいところでもある。

七月某日

東京オリンピックの開会式。新型コロナウイルスの影響で無観客となり、本来なら万雷の拍手に迎えられるはずの選手たちが、静かに淡々と入場して来る。その姿を眺めながら、春に亡くなった友人と携帯メールで感想を言い合いつつ観た北京五輪の開会式を思い出していた。あれから十三年。まさか彼女がいなくなり、こんな静かで奇妙な開会式が執り行われる世界が訪れるとは。人間なんて、世の中なんて、本当にわからないものだ。

第21回　未来に生きている

七月某日

相変わらずバカみたいに暑い日が続いている。エアコンのない我が家、老母と猫を死なせないように家中の窓を開けて風を通し、顔を見ればふたりに水分補給を勧めるのが日課となっている。心配なのは猫である。「水飲んでね」と言うと、老母は「わかった」と答えるが、猫は無言のままなのだ。そこで、家のあちこちに猫用の水飲み場を設置したところ、廊下を歩きながら「あら、こんなところに？」とひと飲み、茶の間で遊びながら「あら、ここにも？」とひと飲み、昼寝から目覚めて「あら、枕元にも？」とひと飲みと、思うつぼでかわいいのである。

それにしても暑すぎではないか。こういう時、大昔に読んだ子供雑誌を思い出す。当時の記事によると、「二十一世紀には悪化した大気汚染が太陽の光を遮って氷河期に突入する」という話だったのだ。あの件は一体どうなったのか。まあ氷河期になられても困るが、話が違いすぎる。そもそも今頃、人類は人工ドームの中で暮らし、天気も完全にコントロールされて、農作物は工場で作られているはずだったのだ。人は雨に濡れることも、過剰な紫外線を浴びることもなく、完璧な栄養素で構成された食物を正しく摂取して健康に長生きする。さらにいえば宇宙旅行は庶民の娯楽となり、月まで続くエスカレーターも完成済みで、当然ながら私の将来設計には、火星移住も視野に入っていたのである。

まったくあの二十一世紀はどこへ消えたのか。私は「ノストラダムスの大予言」は（怖いので）あまり信じない子供だったが、「二十一世紀はこうなる予言」には心酔するタイプだったのだ。私の純真を返してほしい。

夕方、母が「なんだか胃がムカムカするから夕飯はいらない」と言い出す。もう歳も歳だし「そんな日もあるだろう」と聞き流しかけたが、どうも少し様子がおかしい。普通に会話はしているもののいつもより呼吸が荒く、頭痛もするという。身体を触るとびっくりするほど熱い。聞けばそんなに「喉が渇いていないから」と水分もあまり摂《と》っていないという。

これは年寄りが死んじゃう例のやつではないか。あの「わかった」は何だったのかと思いつつ、すぐに濡れタオルと保冷剤で全身を冷やし、経口補水液を飲ませ、扇風機に当てた。

本人は、

「あらあら気持ちいい」

「だんだん寒くなってきた」

などと順次感想を述べつつも、ほどなく落ち着き、その後は夕飯ももりもり食べて、夜にはなにやらご機嫌に熱唱しながらシャワーを浴びるまで復活した。非常にわかりやすい人であるが、母一人だったら異変に気がつかず、大変なことになっていた可能性もある。歳をとると暑さを感じにくくなると聞くので、

「自分を信じるな。気温を信じろ」

と改めて言い聞かせた。

「わかった」

神妙に頷く母。しかし、もう二度とこの人の「わかった」を信じてはいけない。

七月某日

冬の間はストーブ前から動かない猫が、今は家中をさまよっては涼しげな場所を見つけて寝ている。ためしにこっそり添い寝してみると、確かに風が通って気持ちがいい。

とはいえ本人、毛むくじゃらでもあることだし、もっと快適に過ごしてもらおうと、昼寝スポット各所にタオルに巻いた保冷剤を設置してみた。これを枕にでもしてもらえればさぞかし涼しかろうとの飼い主の愛である。が、保冷剤を発見した猫は、

「ちょっと！　これ何！　何よ！　怪しい怪しい怖い!!」

とめちゃくちゃビビって近寄らず、ものすごく暑そうな場所に潜り込んで寝てしまった。悪いことをした。

七月某日

今日も真夏日予想。天気予報を見ながらうんざりしていると、

「今朝はちょっと肌寒いから」

と母がフリースの割烹《かっぽう》着《ぎ》を着て現れて卒倒しそうになる。やはりこの人の「わかった」を信じてはいけない。

八月某日

ベランダで弾き語りをしたり何かを朗読したりそれをネットで配信したりと忙しくもやかましい近所のお姉さんが、今日は一日中誰かと話をしている。もちろんベランダで、である。そんなにベランダが好きなのか。あんなに陽当たりが悪いのに。

いや、ご近所の事情をずらずらと書きたてるのもどうかと思うが、お姉さん宅のベランダは実に陽当たりが悪いのだ。以前はさんさんと日が降り注ぐ見晴らしのいい場所だったものの、現在はベランダを塞ぐ至近距離に家が建ってしまった。どちらかといえば、気の滅入《めい》りそうな雰囲気なのだ。

そこで一日を過ごすのは個人の好き好きだからいいとして、しかしさすがに夜中まで続くおしゃべりにはイライラが募る。窓を開けっ放しの私の部屋まで声が大きく響いてくるのだ。深夜、つい「エアコン買えよ」と外に向かって呟いたが、おそらく向こ

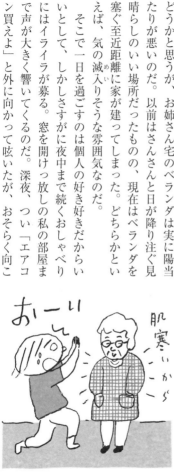

うもそう思うであろう。

　いやほんと、エアコンなあ。買ったとしてこのいつまで住むかわからない、無駄に広いボロ家のどこに設置すればいいのか。殺人的な西日の差し込む茶の間か、寝ている間に死なないように母の部屋か、あるいは常に騒音に苛まれている私の仕事場兼寝室か。それとも全室か。そんな経済力がどこにあるのか。などと問題を先延ばしにしているうちに時だけが流れ、老母が「胃がムカムカするから夕飯はいらない」とか言い出すのである。

　父の墓問題もそうであった。

「どうするの？　建てるの？　買うの？　誰が？　私が？　どこに？　墓じまいブームに逆行して？　管理は誰がするの？　永代供養は？　それより父の会社の後始末はどうするんだ？」

　とぐずぐず考えているうちに時間だけが流れ、父が死んでもうすぐ三年。抽選で市営霊園の墓所が当たったのはいいが、その後のことは一切決まっていない。なにしろ墓所すら一度も見に行っていない。行けよ。市営霊園なのでタイムリミットがあり、そうそう呑気にはしていられないのだが、我ながらどういうつもりなのか訊いてみたい。今年に入って、ようやく父の会社の在庫を整理したので、もうそれだけで供養が済んだ気になっているのかもしれない。

　思えばこの連載も、墓問題を考えつつさまざまなお墓を訪れることで、人が生きること死ぬことの深い淵を覗き見る予定だったのだ（本当）。それが気がつけば新型コロナウイルス流行の荒波に呑み込まれ、自粛の大海原に放りだされ、今では遠い南の島のベランダに流れついてヤシの木の下で近所のお姉さんと歌を歌うような日記になってしまった。いや、私は歌ってはいないが、まあそんなようなものだ。すべての見通しがぐちゃぐちゃである。

ちなみにお姉さん宅のベランダを塞ぐお宅は、私の寝室の窓の下に床暖房用室外機を並べて設置して安眠を妨げているお宅でもあるのだが、それについてハウスメーカーに最初に相談した時に、

「お宅の窓は使ってますか？　騒音には窓を塞ぐのが一番なんですけどね」

と言われたことを今頃思い出して、一年半越しにむかっ腹が立ってきた。人の家の窓を塞げとは何事か。あれ、もっと怒ってもよかったのではないか。このタイムラグは何なのか。あまりにあり得ないことを言われると、人はそれが悪意かどうかわからなくなってしまうのか。すぐに怒れる人間になりたい。

八月某日

お盆。今年も朝早くから妹一家と母方の先祖の墓参りに出掛ける。足の悪い母は今年

も留守番で、すっかり墓参りの主役が交代してしまった。かなりの人出の中、お墓の周りを掃除し、草をむしり、花と供物を供える。昔はたくさんの親戚がそれぞれお参りした痕跡がなにかしらあったものだが、ここ数年はそういった気配がほぼない。今回もいつ供えたものか定かではない花が、しょぼしょぼと枯れているだけだ。母と同じように伯母たちも皆、歳をとり、あるいは亡くなり、そしてその子供たちも札幌を離れて墓参が難しくなってしまった。寂しい気もするけれど、そういうものなのだろう。生きている者には生きている者の事情があるのだ。

　掃除後はいつものように、

「いずれ私もそちらに参りますが、ひとまず今日は一緒に帰りましょう」

と手を合わせ、ご先祖様を家に連れ帰る……前に今回はちょっと寄り道をしてもらう。同じ霊園内にある父の墓所を見に行くことにしたのだ。私のことであるから今日を逃せば、さらに先延ばしをするに決まっている。

　区画図を頼りに父の墓所を捜す。が、これが思いのほか大変であった。霊園自体が広

いうえ、曲がりくねった道路と地形が複雑で、簡単に迷子になってしまうのだ。ぐるぐる同じ場所を何度も回った末にようやく到着。思わず声が出た。

「これ毎年たどり着けないよ！」

それでも車を降りて、父の墓所の前に立つ。周りの景色が、母方の墓がある古い区画とはずいぶん異なっていることにまず驚いた。太い通りが真ん中を貫き、その両側にお墓がいくつも並んでいる。空が大きく広がり、風が吹くと周囲の木立が揺れた。母方の墓が昔ながらの路地の風情なら、ここは公園だ。実際、墓前にシートを敷いて、故人と語り合うようにしてお弁当を食べている人もいる。

家族連れの姿も目立つ。子供の声がして振り向くと、兄弟と思しき子たちがキャッチボールをしているのが見えた。私の父は野球が好きで、学生時代の部活動はもちろん、大人になってからも草野球のチームに所属しており、私も子供の頃はよく試合に連れて行かれたものだ。最後の入院の時、被《かぶ》っていたキャップを「かっこいいですねえ」と看護師さんに褒められ、

「俺、野球の選手だったんだ」

と車椅子に座ってにこにこ笑っていた父の姿をふいに思い出す。

妹たちと墓所の周りを回りながら、

「ここにお父さんがねえ」

と父の眠る姿を想像してみた。例の子供雑誌では二十一世紀、火星に移住した人々は皆、宇宙葬で弔われると書いてあった。灰にして宇宙空間に撒かれるのだそうだ。子供心になんだか怖いような寂しいような話だなあと思ったものだが、本当の二十一世紀はこんな公園みたいな広々とした場所で、子供たちのキャッチボールの声を聞きながら眠れるのだ。それもまったく悪くない。

「どうするの？　建てるの？　買うの？　誰が？　私が？　墓じまいブームの今？」

未だ心に渦巻く声は消えないまま、

「お父さん、ここにする？」

とそっと語りかけてみる。もちろん父は何も言わない。

エピローグ　キミコ、墓を買ってない。

二〇二二年八月某日

連載が終わって一年が経った。驚くことに、まだ墓を買っていない。

父の骨壺は今も我が家の神棚にあり、あの白い包みが父の骨壺であるという意識さえ薄れる勢いで景色に馴染んでいる。「父に話しかけたい時に、骨壺と遺影とどちらを向けばいいのか」問題も、嬉しいにつけ悲しいにつけ、亡き人相手にしんみり話しかけるようなメンタリティは私にはないことがわかって解決した。せいぜい父の後始末事案が持ち上がった時に、

「お父さん、どうして何もしないで死んでしまったの？」

と愚痴っては、妹に、

「何もしないで、ってとこ要る？」

と言われるくらいだが、もちろん要るであろう。というかそこがメインであろう。

この一年、墓も買わずに何をしていたかというと、相変わらず迷宮にいた。

「俺が死んだら骨はそのへんの道に撒いてくれればいいよ」

という例の父の言葉を思い出しては腹を立てつつ、抽選で当たった市営霊園に墓を建てるか、使用料まで納めたけれどもキャンセルするか、キャンセルするなら永代供養ありの納骨堂か、あるいは合同墓のような合祀か、と飽きることなくお墓の迷宮をぐるぐるしていたのだ。海に散骨することも考えたが、残念ながら父をはじめ、我が家に海に対して特別な思いを抱く者は誰一人としていない。子供の頃、年に一度か二度、家族で海水浴に行き、唇を紫にしながら夏でも冷たい北海道の海で泳ぎ、浜でようやく身体が温まった帰り際に、

「せっかくだからもう一回海に入ってきたら？」

と修行的厳しさを親が見せた思い出があるのみである。夏でさえそれなのだから、いわんや冬の海をや。いかにも寒そうではないか。

「海はないね」

「ないね」

妹とも確認し合う。

そうこうしているうちに、人生はわからないもので私の病気が判明してしまった。手

術とその後の薬物療法が必要だという。

「ひょっとしてお父さんより自分が先にお墓に入るんじゃないのか」

俄然、墓の必要性が高まったが、父は既に亡くなっているので、彼より「先」ということはないであろう。せいぜい同時だ。いや、それも嫌なので、できることはやろうと治療に半年、体力回復にさらに半年近くを費やして、やれやれと一息ついたのが今である。気づけばお墓建立リミットまであと一年しか残されていない。


連載最終回で見に行った墓所は、思いのほか気持ちのいい場所にあった。もう面倒だし先のことは考えずに建ててしまおうかと思わないこともないが、しかし、なんということでしょう。気がつけば治療貧乏となった私には、墓にかけられる予算が大幅に縮小しているではありませんか。


まったくもって人の一生は重い墓石を負うて遠き道を行くがごとしである。私も墓石を背負って迷宮をうろうろしているうちに疲れ果て、とりあえず、

「ぶっちゃけ墓っておいくらなの？」

と石材店のサイトを回ったが、そこで私を待ち受

けていたのは、さらなる迷宮であった。

　墓石を国産にするか外国産にするか。墓の形は和型か洋型か。付属品はどこまで付けるのか。砂利を敷くべきか土がいいのか。植物はどうか。植えるとしたら何がふさわしいのか。中には墓の吉相《きっそう》について、地形や方角や形や大きさや、とにかくあらゆる角度から正しい先祖供養の方法を説き、そうしない家は不運に見舞われると言い出すページもあったりして、もうわけがわからない。一方で価格を明記しているところは少なく、混沌《こんとん》は深まるばかりだ。

　いずれにせよ素人が判断するには、情報と具体性が乏しすぎた。一社だけカタログを送ってくれるという会社があったので請求してみたものの、その分厚いカタログをいくら眺めても、

「白っぽい墓と黒っぽい墓と色付きのがある。あと大きいのは高い」

　ということくらいしかわからない。同梱《どうこん》されていた三種類の墓石のサンプルに対しても、

「白っぽいのと黒っぽいのがある。あとみんな硬い」

　との感想が湧くだけだ。

　そして、やはり価格の幅が大きい。一言で言えば、「ピンキリ」だ。石の種類や原産地や付属品など、価格設定要素が多すぎるのだろう。以前、旅先の四国でタクシーの運

転手さんが、

「このへんはとても高価な石が採れる。すべてその石を使ってお墓を建てた人は八百万円かかったと言っていた」

と教えてくれた時には、

「はっぴゃくまんえーーーん！」

「しんだひとのおうちにはっぴゃくまんえーーーん！」

と驚きのあまり半信半疑だったが、カタログにはそれと同じ石を使った三千万円の墓も載っており、見つけた時には、

「さんぜんまんえーーーん！」

「しんだひとのおうちにさんぜんまんえーーーん!!」

「マンション買えーー！」

「いや！　さんぜんまんえんじゃ買えないかー！」

「大丈夫ー！　中古ならいけるーー！」

「いけるとも限らないー！」

と脳内が一気にパニック状態に陥った。カタログだけでもぐったり疲れたのである。

ネットもだめ、カタログもだめとなると、あとは直接石材店を訪ねるしかない。墓に関する知識も興味もほぼゼロという、丸腰というか、服を買いに行くための服がな

い状態ではあるが、しかしいずれはそうしなければならないのだ。お盆も過ぎたある日、妹と二人でネットに「展示場あり」と書かれていた石材店に行ってみることにしたのである。

候補はとりあえず二軒。一軒目は、例のカタログを送ってくれた会社の札幌支社である。我が家から車で数分、石材店というより仏壇仏具のお店という雰囲気だが、ガラス戸から中を覗くとずらりと並んだ仏壇の奥に、お墓の見本が何基か並んでいるのが見えた。

「展示場ってあれ？」

思っていたのと少し様子が違うが、そろそろと戸を開ける。

「ピンポーン」

センサーでチャイムが鳴る。誰も出てこない。仏壇の合間を縫って、お墓コーナーに進む。誰もいない。意味なく見本の墓石に触ってみて、つるつるで硬いことを実感する。誰も現れない。

「ピンポーン」

再びチャイムが鳴り、見ると髪の長い若い男性が入ってきた。素肌に白いぴちぴちのシャツと、同じくぴちぴちのパンツ姿で、あまり仏壇仏具店の買い物客らしくないなあと思っていると、その彼が言った。

「いらっしゃいませー」

　客らしくはないが、店の人らしくはもっとないだろう。でも、店の人だった。

　しかも彼、「いらっしゃいませ」の後は全然話しかけてこない。というか近づいてすらこない。おばちゃん二人が墓の見本の前で思案顔をしているのだから、ある程度本気の墓買いであろうに、接客の姿勢を一切見せないのだ。重なり合った仏壇の列のずっと向こうにいる。こちらから「あの、お墓のことで相談したいんですけど」と言って初めて、

「あ、はい、いいすよー」

　と、そばにやって来た。で、何か言うかと思ったら、何も言わない。

「相談とは？」

　と、子犬のような無邪気な顔で我々を見つめるばかりである。やや面食らいながらこちらの事情を説明し、墓所の場所と大きさを告げ、価格帯についても尋ねる。するとようやく営業トークを始めたものの、それがまた全然営業トークっぽくないのである。第一、何一つお薦めしてこない。一応、区画面積に

より基本となる価格があるらしいが、

「まあ、なんとでもなります」

と言うだけだ。なんとでも、というのはたとえば区画に対して一回り小さいサイズの墓を建てたとしても、

「周りがちょっとスカスカしますけど砂利とか敷いちゃえば全然大丈夫っす。みすぼらしくならないすー」

ということらしい。

「砂利っていっても下は基礎打ってコンクリで固めてるから、水が溜まったりってこともないっすー。あの霊園は雑草が多くてすぐ生えてくるんですけど、それも大丈夫っす。コンクリっすから。砂利もそんなに量は要らないんで」

「あ、墓石は黒が高くて白が安いです。石はほとんどが中国産ですけど全然悪くないっす。国産高いっすから」

「ほんと、なんとでもなるんすよー」

聞いているうちに、そうか、彼がそう言うならなんとでもなるのだろうという気になってくる。やる気のなさが却《かえ》って信頼度を高めるという謎のテクニックであろうか。自分はカタログ一つ開かないが（私が開いて質問した）、こちらから訊けば過不足なくきちんと答えてくれる。途中、

「ただ北海道は雪の問題があって基礎だけはしっかりやらなきゃならないので、そこは余分にお金がかかると思ってください」

と急に営業マンらしいことを言い出したので、それは仕方ないと頷くと、

「でも基礎さえやっとけば見栄えはほんとなんとでもなるんで」

とやはりなんとでもなるようなのだった。立ち話で二十分ほどだろうか。目の前の椅子を一度も勧められないまま話を聞き、そろそろ帰ろうとした時だった。

「急いでいるなら早めに決めた方がいいっすよ」

と、それまでのやる気のなさが一転、突然契約を急《せ》かせる気配を見せたのである。一瞬、身構えたが、

「墓石って二月が一番高いんすよ。中国の旧正月があって輸送費とかぐっと上がるんすよね。それ過ぎるとまた少しずつ安くなるから、急ぐなら年内、急がないなら三月以降がいいっすよー」

と、この日ももっともためになる知識を教えてくれたのだった。お礼を言って退店。彼は最後まで我々の名前も住所も連絡先も訊かなかった。大丈夫だろうか。

二軒目は、そこから車で三十分ほどの地元石材店である。展示場ありとのことだったが、駐車場の脇に三基ほどのお墓の見本が並んでいるだけだ。

「これかなあ……」

と言いつつ駐車場に車を入れたとたん、年配男性が事務所から飛び出してきて、満面の笑みでもって出迎えてくれる。一軒目とは打って変わってのやる気である。中に入るように勧め、椅子を勧め、なんならお茶も出てきた。一軒目の勧めなさを補って余りある勧め具合である。

案の定、営業トークも強めだ。

墓所は決まっているのか。何平米か。決まっているなら区画番号を教えてくれ。周りのお墓の雰囲気に合わせた方がいいから直接見たい。建てるなら洋型がいい。四年前の大地震で倒れたのは全部和型だった。ちなみにうちは耐震工事付きである。そうだ、墓石はどうします？　ほとんどが中国産かインド産で、インド産の方が硬い。硬い方が長持ちするが、「三百年から四百年もちます」と言ってもその百年の違いにどんな意味がありますか？

と一気に喋り始め、すぐには話についていけない。ついでに質問の意味もわからない。三百年の墓と四百年の墓の比較ではなく、三百年から四百年もつことの百年の意味とは……？

さらには戸惑う私を置き去りに、

「うちの並びに○○さんって大きな石材屋があるんだけど、知ってるでしょ？　あそこは展示スペースも広くて、社屋もきれいで立派だけど、正直高いです。まあ、いくらで売ってるかなんて知りたくもないけど（知らないのか？）、でも高い。なぜなら広告打つから。新聞とか市の広報とかこれくらいの大きさ（と指で四角を作る）の広告ばんばん打っちゃうから、必然的に高くなるの。あ、これ悪口じゃないのよ。別に変な工事するとかじゃないから。〇〇さんもきちんとした工事できちんとした墓を建てるけど、でも高い。広告打つから。でも、もしあそこで建てるならうちの名前出したら三十万、いや、四十万は安くなるよ」

　と、我々が見たことも聞いたこともないライバル会社への激しい思いを唐突に語り出した。きちんとした会社で四十万円安くなるならそっちでもいいのでは？　と思うが、圧倒されて頷くことしかできない。一軒目とはまた別の意味で謎の営業トークである。

「とにかく正直な予算を聞かせてくれ。そして見積もらせてくれ」

　とのことだったので、お願いする。お願いするというか、断れない。当然、名前も住所もきっちり訊かれ、やや呆然としつつ事務所を出た。

当初の予定ではそのまま帰るつもりであったが、

「こうなったら行くよね」

「行くでしょう」

と急遽《きゆうきよ》、存在すら知らなかったライバル会社へ向かうことにした。到着した店はなるほど、三軒の中ではもっとも大きくもっとも「石材店」っぽい。入口前には広い展示場があり、お墓が何基も並べられている。その横のプレートには、墓石の種類や価格や付属品の内訳がそれぞれ明記されており、眺めているうちに、

「我々がイメージしていた展示場が今、目の前にある」

と感動にも似た気持ちが湧いてきた。気づいて現れたスタッフが、墓石を眺め歩く我々に付き添って、要所要所で細かい説明をしてくれる。

「お墓はお骨をたくさん入れようとすると基礎を上げて石を高い位置に据えなきゃいけないのですが、大人数じゃなければ低い位置でも問題ありません。そうすると価格が少し抑えられます」

「お墓周りを砂利で埋める方法もありますが、あの霊園だと雑草や落ち葉が多く、汚れやすいので石を敷く方がお勧めです。そんなにたくさんの石は要らないですから」

普通だ。

「相談とは？」と子犬のように見つめるのでも、見たことも聞いたこともないライバル

会社について熱く語るわけでもない、ごく普通の営業マンがここにいる。普通って素晴らしい。じわじわと胸に感動が広がる。一軒目とは砂利か石かで意見が分かれたものの、お勧め具合もちょうどよく、思わず、

「ここで建てます！」

と言いそうになったが、いやいや、そもそも建てるかどうかすらまだ決めていないのだ。早まってはいけない。

価格的には、確かにお安くはないものの、多くの墓を見すぎて感覚が麻痺《まひ》し、正直よくわからなくなってしまった。これは高価な買い物をする時の罠《わな》なので、十分気をつけたい。

たった一日で、「墓とは」「営業とは」「ライバルとは」とさまざまな思いに翻弄され、ぐわぐわと墓酔いしたような気持ちで帰宅。「石に何か文字は彫りますか？」と訊かれたのを思い出し、どうしても彫らなければならないなら、

「道」

にしようと考える。人生という長い道のりを歩き続け、今は静かに眠る人への鎮魂の言葉……と見せかけて、本当は「道に撒いてくれ」と言った父への「いい加減にしてくれ」の思いを込めてみたものだ。ああ、お父さん、本当にどうして何もしないで死んでしまったの？

というわけで未だ結論は出ておらず、父の死から四年、今もお墓を買ってはいない。結果的に「キミコ、墓を買う。」という連載時のタイトルは大詐欺となってしまった。どうもすみませんでした。

文庫版あとがき　キミコ、墓を買う。

ついにお墓を買ってしまった。

二〇二四年の春のことである。それまでお墓の迷宮をぐるぐると彷徨《さまよ》い続けていたが、さすがに彷徨い疲れて、「もう墓守問題とか先のこととかどうでもいいや」と迷宮の道端に座り込んで決めてしまったのだ。まあ、前年の母の死が背中を押したというのもある。両親の骨壺が二つ並んで自宅にあるというのも、なかなかのインパクトなのだ。

エピローグに書いたように、迷宮脱出に際して石材店を三軒巡った。やる気の感じられないお兄さんが「(お墓なんて) なんとでもなるんすよー」と言い放つA店、あふれる熱意と営業トークと近所の石材店への強烈なライバル意識でもって「とにかく見積りを!」と迫るB店、そのB店のライバル店でスマートかつわかりやすい営業スタイルのC店である。

C店でいいのでは、という気もしないでもなかった。展示場は広く、価格はオープンで、なにより接客が普通だ。聞いていないことばかり話す人も、必要なことすら言わない人もいない。が、なにしろ我が家にとっては高額の買い物である。妹と相談の結果、せっかくだから相見積りを取ろうということになった。A店とB店に見積りをお願いし、それをオープン価格のC店と比較するのだ。

早速、A店に電話をかける。「なんとでもなるんすよー」のお兄さんはその日お休みとのことで、別の年配男性が話を聞いてくれた。彼は一度も「なんとでもなるんすよー」とは言わず（そりゃそうだろう）、丁寧な対応で見積りを承諾してくれた。一気に私の中でA店の「普通度」が上がる。我々の「神道なので香炉は不要だが、ろうそく立てと花立てと供物台は必須。墓石は洋型で、墓誌はあってもなくても構わない」との希望も、担当者である例のお兄さんに伝えると約束してくれた。実際、何日か後にお兄さんから連絡があり、「普通度」がさらに上昇したのもつかの間、お兄さんは開口一番、

「僕、入院してたんすよー」

と謎の近況を告げてきた。

「え？　あ、そ、それは大変でしたね」

「そうなんすよー。二週間ですよ」

突然の世間話に、病名も訊いた方がいいのか、あるいは「実は私も大病をして」とマウントをとった方がいいのか迷っていると、

「えーと、それでお墓の件ですけど」

と急に話を商売に切り替えてきた。実に自由である。しかも、

「ご希望は、和型、香炉あり、墓誌ありっすねー」

わざとかと思うくらい間違えている。それはもはや別の墓であろう。彼は、「見積り出ましたら連絡します！」と明るく言ったが、以来、今日に至るまで梨の礫《つぶて》である。

一方のB店はその間、圧倒的な自主性でもってどんどん動いていた。我々が店を訪れた当日のうちに墓所の区画番号を確認し、即座に現地に赴き、数日後にはそこの風景に我が家の墓石イメージ画像を埋め込んだ3D写真まで送ってくれたのである。写真のお墓は、もちろん洋型で香炉はない。墓誌は「今の流行りだから！」と付けてくれていた。価格も予算に合わせ、

「そこからは絶対はみ出しません！　ええ、一円たりとも！」

と胸を張り、そしてそれはC店よりもかなりお手頃価格だった。

「……B店にしようか」

「……だね」

人は所詮、誰かの情熱には勝てないのだろうか。B店の漲《みなぎ》る熱意にしてやられたと思うとなぜか少し悔しいが、その後のB店の対応には何の不満もなく、お墓も希望以上のものを建ててもらえた。迷宮を抜け出してみれば、「結局は一番いい道を選んだのかも」という気になっているのである。

納骨は九月のよく晴れた朝だった。北海道ではお骨を骨壺から出し、袋に入れ替えて

納める。骨壺ごと納骨すると、冬の寒さで割れてしまうのだそうだ。父が亡くなった日のそれに似た真っ青な空の下、両親の骨をそれぞれ袋に移す。

「喧嘩になるからお父さんと一緒のお墓に入るの嫌なんだよねー」

と言っていた母の気持ちを汲《く》んで、二人の骨を納骨室の両端に離して置いた。

「私が死んだら間に入るから、悪いけどそれまで喧嘩しつつ待っててくれ」

そう心の中で呟きながら、手を合わせたのである。

本書は、二〇二二年十一月、集英社より刊行されました。

初出――――
「小説すばる」
二〇二〇年四月号～二〇二一年九月号、
二〇二一年十一月号～十二月号、
二〇二二年二月号～三月号
（「キミコ、墓を買う。
ときどき温泉とカニのデス・ロード」を改題）

本文イラスト／丹下京子
本文デザイン／成見紀子

北大路公子の本

いやよいやよも旅のうち

ぐうたらエッセイストが、いやいや日本全国を巡る旅へ。犬ぞりにジェットコースター、さらには青木ヶ原樹海探検!? キミコさんは無事に旅を終えられるのか？ 爆笑必至の旅日記！

集英社文庫

集英社文庫

お墓《はか》、どうしてます？　キミコの巣《す》ごもりぐるぐる日記《にっき》

2025年３月25日　第１刷
2025年４月15日　第２刷

定価はカバーに表示してあります。

著　者　北大路公子《きたおおじきみこ》

発行者　樋口尚也

発行所　株式会社 集英社
東京都千代田区一ツ橋2-5-10　〒101-8050
電話　【編集部】03-3230-6095
【読者係】03-3230-6080
【販売部】03-3230-6393（書店専用）

印　刷　TOPPANクロレ株式会社

製　本　加藤製本株式会社

フォーマットデザイン　アリヤマデザインストア　　マークデザイン　居山浩二

ISBN978-4-08-744752-1 C0195